●丛书主编 庆振轩

故事里的文学经典

兰州大学出版社

图书在版编目(CIP)数据

故事里的文学经典. 唐文 / 雷恩海著. —兰州:兰州大学出版社,2013. 9(2019. 9 重印)

ISBN 978-7-311-04258-5

Ⅰ. ①故… Ⅱ. ①雷… Ⅲ. ①古典诗歌—诗歌欣赏—中国—唐代 Ⅳ. ①I206. 2

中国版本图书馆 CIP 数据核字(2013)第 220544 号

策划编辑　张　仁
责任编辑　张宏发
装帧设计　张友乾

书　　名　故事里的文学经典 · 唐文
作　　者　雷恩海　著
出版发行　兰州大学出版社　(地址:兰州市天水南路 222 号　730000)
电　　话　0931 -8912613(总编办公室)　0931 -8617156(营销中心)
　　　　　0931 -8914298(读者服务部)
网　　址　http://press. lzu. edu. cn
电子信箱　press@lzu. edu. cn
印　　刷　三河市金元印装有限公司
开　　本　710 mm×1020 mm　1/16
印　　张　9.5
字　　数　149 千
版　　次　2013 年 9 月第 1 版
印　　次　2019 年 9 月第 3 次印刷
书　　号　ISBN 978-7-311-04258-5
定　　价　19.00 元

(图书若有破损、缺页、掉页可随时与本社联系)

学海无涯乐作舟

——"故事里的文学经典"系列序言

北宋文坛领袖欧阳修曾说:

立身以求学为先,求学以读书为要。

欧阳修是一位政治家、思想家、改革家,也是一位教育家,他认为人生如果要有一番作为,就要努力求学读书。千余年过去,时至今日,立志向学,勤奋读书,教育强国,已经形成社会共识。然而读什么书,如何读书,依然是许多人困惑和思考的问题。

人们常说"开卷有益",又说"好书不厌百回读",所谓的好书、有益的书,应该指的是经典作家的经典作品。何谓经典?瑞士作家赫尔曼·黑塞在《获得教养的途径》中认为,经典作品是"我正在重读",而不是"我正在读"的书。人文学科都有各自的经典作家和经典作品,诸如"哲学经典"、"史学经典"、"文学经典"等等。范仲淹曾经说过:"劝学之要,莫尚宗经。宗经则道大,道大则才大,才大则功大。"(《上时相议制举书》)儒家把《诗经》、《尚书》、《仪礼》、《乐经》、《周易》、《春秋》尊为"六经",文人学士研修经典的目的是为了经世致用,"六经之旨不同,而其道同归于用"。"故深于《易》者长于变,深于《书》者长于治,深于《诗》者长于风,深于《春秋》者长于断,深于《礼》者长于制,深于《乐》者长于性。"(陈舜俞《说用》)范仲淹与其再传弟子陈舜俞都是从造就经邦济世的通才、大才的角度论述儒家经典的。但古人研读经典,由于身份不同、目的不同,取径也不尽相同。郭绍虞在《中国文学批评史》中指出:"古文家、道学家和政治家一样的宗经,但是古文家于经中求其文,道学家于经中求其道,而政治家则于经中求其用。"

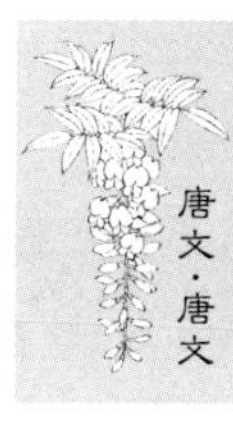

就文学经典而言,文学经典指的是具有深厚的人文意蕴和永恒的艺术价值,为一代又一代读者反复阅读、欣赏、接受和传承,能够体现民族审美风尚和美学精神,具有广阔的阐释空间和当代存在性,能不断与读者对话,并带来新的

发展，让读者在静观默想中充分体现主体价值的典范性权威性文学作品。“经也者，恒久之至道，不刊之鸿论。”（刘勰《文心雕龙·宗经》）

由于经典之作要经历时间和读者的检验，所以经典作家、经典作品经典化的过程会给我们一些有益的启示：读者和作家一起赋予了经典文学的经典含义。即就宋词而言，词体始于隋末唐初，发展于晚唐五代，极盛于两宋。但在宋代，词乃小道，不登大雅之堂，终宋一代，宋词从未取得与诗文同等的地位。欧阳修在《归田录》中曾记载：

> 钱思公（惟演）虽生长富贵，而少所嗜好。在西洛时，尝语僚属言：平生唯好读书，坐则读经史，卧则读小说，上厕则读小词。盖未尝顷刻释卷也。

虽然欧阳修之意在赞扬钱惟演好读书，但言及词则曰“小词”，且小词乃上厕所所读，则其地位可知。即就宋代词坛之大家如苏轼，在被贬黄州时，为避谤避祸，开始大量作词；辛弃疾于痛戒作诗之时从未中断写词的事实，也可略知其中信息。直至后世的读者研究者，越来越感知和发现了词体的独特的魅力——“词之为体，要眇宜修，能言诗之所不能言，而不能尽言诗之所能言。诗之境阔，词之言长”（王国维《人间词话》），才把词坛之苏辛，视如诗坛之李杜，赋予了宋词与唐诗相提并论的地位。

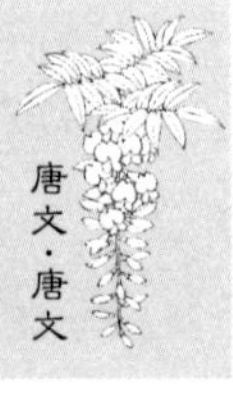

其他文体中如元杂剧之《西厢记》、章回小说之《水浒传》，也曾被封建卫道士视为“诲盗诲淫”之洪水猛兽而遭到禁毁，但名著本身的价值、读者的喜爱和历史的检验，奠定了它们经典之作的地位。

在一些经典作品经典化的过程中，读者甚至参与了经典作品的创作。李白的《静夜思》就是一个典型的个例。从文献学的角度看，宋代刊行的《李太白文集》、《李翰林集》中《静夜思》的原貌为：

床前看月光，疑是地上霜。
举头望山月，低头思故乡。

当代著名学者瞿蜕园、朱金城、安旗、詹瑛所撰编年校注、汇释集评本《李太白集》也全依宋本。但从明代开始，一些唐诗的编选者（读者）开始改变了《静夜

思》的字句,形成了流行今日的李白的《静夜思》:

床前明月光,疑是地上霜。
举头望明月,低头思故乡。

所以,经过了历史长河的淘洗和历代无数读者检验而存留至今的中华文明宝库中的经典文学作品,是中华民族精神智慧的结晶。那么,在大力弘扬与传承优秀传统文化的今天,我们应该怎样学习阅读自《诗经》、《楚辞》以来的文学经典?古人的一些经典之作和经典性论述可以为我们借鉴。

横看成岭侧成峰,远近高低各不同。
不识庐山真面目,只缘身在此山中。

这是苏轼在元丰七年四月,自九江往游庐山,在山中游赏十余日之后所写的《题西林壁》诗。一生好为名山游的苏轼,在畅游庐山的过程中,庐山奇秀幽美的胜景,让诗人应接不暇。苏轼于游赏中惊叹、错愕,领略了前所未有的超出想象的陌生的美感。初入庐山,庐山突兀高傲,"青山若无素,偃蹇不相亲。要识庐山面,他年是故人。"移步换景,处处仙境,诗人喜出望外,"自昔忆清赏,初将杳霭间。如今不是梦,真个在庐山!"庐山幽胜美不胜收,于是诗人在《题西林壁》这首由游山而感悟人生的诗作中,寄寓了发人深思的理趣。苏轼之后,人们从不同的角度解读诗作给予人们的启悟。王国维《人间词话》中说:

诗人对于宇宙人生,须入乎其内,又须出乎其外。入乎其内,故能写之;出乎其外,故能观之。入乎其内,故有生气;出乎其外,故有高致。

而苏轼的《题西林壁》正是诗人对于人生对于庐山既入乎其内,又出乎其外的带有特有的东坡印记的智慧之作。古往今来,向往庐山,畅游庐山的游人难以数计,而神奇的庐山给予游人的感触各有不同,何以如此呢?因为万千游客,虽同游庐山,但经历不同,观赏角度有别,学识高下不一,游赏目的异趣,他们都领略的是各自心目中的庐山,诚所谓"横看成岭侧成峰,远近高低各不同"。也正如钱钟书《谈艺录》中所说:"盖任何景物,横侧看皆五光十色;任何情怀,反复说皆千头万绪。非笔墨所易详尽。”所以，换个角度看世界，世界会更加丰富多彩；换个角度看人生，现实人生就会更具魅力；换个角度读经典，你会拥有你自己的经典，经典会更加经典。

千江有水千江月，千江水月各不同。古今中外的许多经典作家正是以独特的眼光观察大千世界，以独到的思维角度思考人生，以生花妙笔写人叙事，绘景抒情，继往开来，推陈出新，创造出一部部永恒的经典。“不畏浮云遮望眼，只缘身在最高层。”经典之所以为经典，其要因之一就是经典作家能够站在时代的制高点上，眼光独到，视点独特，思想深邃，能发前人之所未发。即以被称为“拗相公”的王安石为例，作为勇于改革的政治家，思想深刻的思想家，他的诗、文、词创作都具有鲜明的个性特色。四川大学中文系古典文学教研室选注的《宋文选·前言》中说：

> 王安石的文章大都是表现他的思想见解，为变法的政治斗争服务的，思想进步故识见高超，态度坚决故议论决断。其总的特色是在曲折畅达中气雄词峻。议论文字，无论长篇短说，都结构谨严，析理透辟，概括性强，准确处斩钉截铁，不可移易。

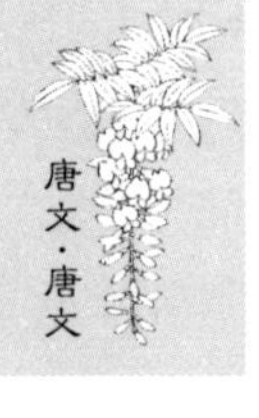

这一段话是评价王安石散文风格的，用来概括他的诗词特色也颇为恰切。王安石由于个性独特，识见高超，所以喜欢做翻案文章。他的这一类作品不是为翻案而翻案，而是确有独到深刻的见解，其《读史》、《商鞅》、《贾生》、《乌江亭》、《明妃曲》均是如此。即以其《贾生》而言，司马迁《史记》有《屈原贾生列传》，对贾谊的同情叹惋之意已在其中。李商隐因自己人生失意，对贾谊抑郁失意更为关注，其《贾生》诗曰：

> 宣室求贤访逐臣，贾生才调更无伦。
> 可怜夜半虚前席，不问苍生问鬼神。

这首咏史诗在切入点的选取上颇为独到，在对贾谊遭际的咏叹抒写之中，蕴含着深沉的政治感慨和人生伤叹，而这种感慨自伤情怀颇能引起后世怀才不遇之士的情感共鸣，给予了高度评价。但王安石评价历史人物的着眼点则跳出了个人人生君臣遇合的得失，立足于是否有用于世有助于时的角度，表达了独特的“遇与不遇”的人生价值观。遇与不遇，不在于官场职位的高低，而在于胸怀谋略是否得以实行，是否于国于民有益：

一时谋议略施行，谁道君王薄贾生。
爵位自高言尽废，古来何啻万公卿。

以人况己，以古喻今，振聋发聩，这样的诗作才当得上“绝大议论，得未曾有”的美誉。无论是回首历史，还是关注现实，抑或是感受人生，往往因作者的视角不同，立场观念有别，而感发不一，所写诗文，各呈异彩。

但是我们在阅读体验中还发现了一些很有趣的现象：读者有时所欣赏的并不是作者的得意之作，而有时候作者所自珍的，读者却有微词。欧阳修《六一诗话》有这样一段文字：

晏元献公文章擅天下，尤善为诗，而多称引后进，一时名士往往出其门。圣俞平生所作诗多矣，然公独爱其两联，云“寒鱼犹著底，白鹭已飞前”，又“絮暖鮆鱼繁，露添莼菜紫”。余尝于圣俞家见公自书手简，再三称赏此二联。余疑而问之，圣俞曰：“此非我之极致，岂公偶自得意于其间乎？”乃知自古文士不独知己难得，而知人亦难也。

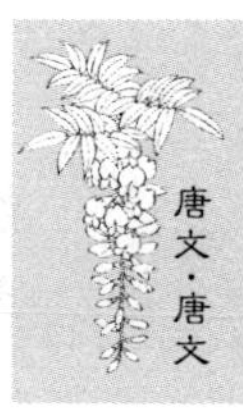

欧阳修这种阅读体验不止一端，刘攽《中山诗话》记载：永叔云：“知圣俞者莫如某，然圣俞平生所自负者，皆某所不好。圣俞所卑下者，皆某所称赏。”于是也感慨知心赏音之难。

正因为知心赏音之难，所以古人强调阅读欣赏应该知人论世。于是了解探究历史，就有“纪事本末”类的系列著述。阅读欣赏诗词，即有《本事诗》、《本事词》、《词林纪事》、《唐诗纪事》、《宋诗纪事》、《明诗纪事》、《清诗纪事》等著作；阅读唐宋散文，也有《全唐文纪事》、《宋文纪事》之类的著述。对于读者而言，这些著述有助于我们由事知史，由事知人，进而由事知诗，由事知词，由事知文；或者说有助于我们加深对相关诗、词、文的深入了解。正是从这个视点出发，出于弘扬传统文化，建设社会主义精神文明的责任感与使命感，兰州大学出版社策划出版“故事里的文学经典”、“故事里的史学经典”、“故事里的哲学经典”（统称为“换个角度读经典”）系列丛书，同样出于历史使命感，我们愉快地接受了“故事里的文学经典”系列的撰写工作，首批包括《故事里的文学经典之唐五代词》、《故事里的文学经典之唐文》、《故事里的文学经典之宋文》、《故事里的文学经典之北宋诗》、《故事里的文学经典之南宋诗》、《故事里的文学经典之元曲》、《故事里的文学经典之唐诗》、《故事里的文学经典之宋词》。

当凝聚着丛书的策划者和撰著者共同心血的著述即将付梓之际，我们为和兰州大学出版社这次愉快的合作感到由衷的高兴，因为共同的弘扬优秀传统文化的目标，出好书就成为我们共同的意愿，所以撰写以至出版的一些具体问题，就很容易通过沟通达成一致。参与丛书撰写的同仁均长期从事中国古典文学的教学科研工作，怎样让经典文学作品走出大学的讲堂，走向社会，走向千家万户，是我们长期思考的问题；而由学者在一定研究基础上撰写的，面向更为广大的读者群的融学术性的严谨和能给予读者阅读的知识性、愉悦性则是出版社策划者的初衷。合作的愉快也为我们下一步自汉魏至明清诗、词、文部分的写作奠定了良好的基础。

由“本事”或者说由“故事”入手诠解阅读文学经典是我们的共识。

那些与诗、词、文密切相关的“本事”，在古典文学名篇佳作的赏鉴研读中，主要是指与相关作品的创作、传播以及作家的生平遭际有关的“故事”，抑或是趣事逸闻，其本身就是最通俗、最形象吸引读者的“文学评论”，许多流誉后世的名篇佳作，几乎都伴随有引人入胜的“故事”或传说。这些故事或发生于作家写作之前，是为触发其写作的契机，所谓“感于哀乐，缘事而发”；或是出于一种自觉的责任感使命感，“文章合为时而著，歌诗合为事而作”。而有些诗文本身就在讲故事，史传文学本身就与后世小说特别是传奇小说有千丝万缕的联系，所以唐宋散文中的一些纪传体散文名篇诸如《张中丞传后叙》、《段太尉逸事状》、《杨烈妇传》、《唐河店妪传》、《姚平仲小传》等颇具小说笔法。即如范仲淹之《岳阳楼记》，王庭震《古文集成》中也记述说：

> 《后山诗话》云：“文正为《岳阳楼记》，用对语说时景，世以为奇。尹师鲁读之，曰：‘传奇’体耳！”《传奇》，唐裴铏所著小说也。

有些诗歌也是感人的叙事诗，在很多读者那里了解的苏小妹的故事，只是民间的传说，得之于话本小说《苏小妹三难新郎》、近年新编的影视作品《鹊桥仙》等。人们出于良好的心理愿望，去观看欣赏苏小妹和秦观的所谓爱情佳话，让聪明贤惠的苏小妹和苏轼最得意的门生秦观在虚构的小说、戏曲、影视作品中成就美好姻缘，而不去考虑受虐病逝于皇祐四年(1052)的苏洵最小的女儿、苏轼的姐姐八娘，和出生在皇祐元年(1049)的秦观结为秦晋之好是根本不可能的！而苏洵的《自尤》诗即以泣血之情记述了爱女所嫁非人，被虐致死的锥心之痛。但长期以来，由于资料的散佚，一些研究苏轼的专家对此亦语焉不详，台湾学者李一冰所著《苏东坡新传》即曰：

苏洵痛失爱女，怨愤不平，作《自尤诗》以哀其女(今已不传)。

我们依据曾枣庄先生《嘉祐集笺注》收录了《自尤》诗并叙，并未多加诠释，因为诗作本身就为我们含悲带愤地讲述了一个凄惨的八娘的短暂的一生的悲剧故事。苏小妹不是一个传说！

当然，也有一些故事发生在诗作传播之后，如《舆地广记》和《艇斋诗话》都记载，苏轼“为报先生春睡美，道人轻打五更钟”传到京城，章惇认为东坡生活快活安稳，于是又把诗人贬到海南。但是不论诗人是直书其事，还是借史言事，是因事论事，还是即事兴感，与诗作相关与诗人遭际相关的故事，都有助于我们对经典诗文在知人论世的基础上去读解诠释。

在“换个角度读经典”系列丛书之“故事里的文学经典”(第一批)将要出版发行之际，我们对兰州大学出版社的张仁先生、张映春女士为之付出的大量心血和兢兢业业一丝不苟的敬业精神表示由衷的感佩；对兰州大学文学院党政领导班子，特别是张炳成同志对于丛书的写作出版自始至终的关注支持深表感谢。同时，由于切入角度不同，对于相关诗、词、曲、文名篇的诠解也仅是我们的一得之见，所以我们热望广大读者多提宝贵意见，书山有路勤为径，学海无涯乐作舟，愿读者诸君和我们一起愉快阅读经典的同时，换个角度，读出我们各自心目当中的经典。

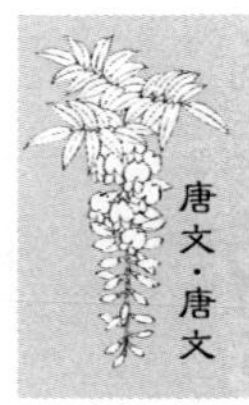

庆振轩

二〇一三年八月于兰州

前言

时逢“文学的自觉时代”，曹丕在《典论·论文》中，鲜明地提出：

盖文章，经国之大业，不朽之盛事。

并且感慨于人的生命有限，富贵荣乐及身而止，唯有文章可以流芳百世，亦足以使人之声名传之久远。作家是伟大的，既不需要倚凭历史学家之记载，也不需要托附于达官贵人之权势，而是凭借着自己的聪明智慧、不懈努力，辛勤创作，获得千载声誉：“是以古之作者，寄声于翰墨，见意于篇籍，不假良史之辞，不托飞驰之势，而声名自传于后。”因而，有志之士，皆爱惜光阴，珍惜时间，惧怕时间之白白流逝而一事无成。可惜，人们往往不能辛勤努力，奋发向上，贫贱时为饥寒所困扰，富贵时为逸乐所荒殆，致使时间流逝，光阴虚度，至死而不悟，岂非志士仁人之大痛哉！

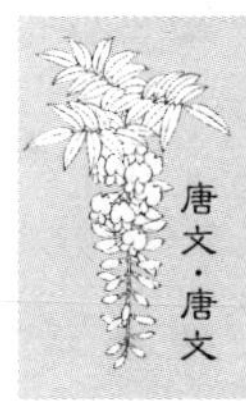

南朝齐梁时期的著名文学理论家刘勰也认识到了这一点，《文心雕龙·序志》篇指出：人有智慧，乃广袤绵邈的宇宙间最出类拔萃者——“肖貌天地，禀性五才，拟耳目于日月，方声气乎风雷，其超出万物，亦已灵矣”；可惜人的生命又是脆弱的、很有限的——“岁月飘忽，性灵不居”，唯有文章，可以使人之思想、事业传之久远，因而君子处世，很重视“树德建言”——树立道德之高标，且以文章而流芳百世，促进社会之发展、文明之兴盛。

文章是人之生命的外在表现，又能够记载人生、社会事件，表现丰富多样的情态，便于交流思想、传播文化，促进人类文明的发展、兴盛。文章的作用很伟大，按照刘勰的说法：

五礼资之以成，六典因之致用，君臣所以炳焕，军国所以昭明。

即:礼乐文化凭借文章而成就;国家的典章制度,亦需倚凭文章方能发挥其应有的作用;君臣之间、上下级之间,皆需文章以沟通、且成就其斐然文采;军国大事,亦需文章使之明白昭著。显然,刘勰是从大处来探讨文章的功用的。当然,文章也可以写人的情感、思想、生命体验,也可以记述所经历的事件、游历踪迹、朋友交往等等。可以说,人类生活的一切,精神、物质两大层面上的所有活动,皆可以为文章所记载,且传播后世。

文之起源甚早,和诗是最早出现的文体,几乎不分先后。从理论上讲,应该是先有易于记诵的诗,其次有散行的文,不过,在文字兴起之后,诗与文应该是同时兴起的文体。甲骨文出现的诸多卜辞,既像诗,又像文,或者说是诗文未分的混沌状态。从字源上讲,"文"之意义是极其丰富的:文,错画也,交错的图画,即文采,文章;言乃生民之音,即人口头所发出的自然语言。可见,言与文是不同的,文与言是语言的两种存在方式——言为口头语,文为书面语。扬雄《法言·问神》说:"言,心声也;书,心画也。"心声形于言,心画形于文,方可表达思想。刘熙《释名》说:"文者,会集众彩以成锦绣,会集众字以成辞义,如文绣然。"梁元帝萧绎《金缕子》说:"文者,惟须绮縠纷披,宫徵靡曼。"也就是说,文章需要精心结撰,美观而有韵致,有足以动人的情采,才能达到文章所欲发挥的力量。因此,鲁迅在《汉文学史纲要》中说:"凡所谓文,必相错综,错而不乱,亦近丽尔之象。"

诗文既分之后,文又有骈散之别。骈文,又称骈俪文(骈、俪,皆指偶对),是在中国古代诗歌、辞赋,以及民间谣谚所惯用的一种修辞手法——排比、对偶的基础上,经过文人的加工创造而形成的一种新文体。东汉以后的建安时代,兴起骈体文,重视对偶、抒情,注意于辞彩的华丽;至魏晋南北朝,骈文形式之精密,辞采之华丽,用典之繁密工切,声律之谐畅,踵事增华,日益发展。

骈文的正式命名,大约在唐代以后,清代始盛。盛行于六朝之时,并未有骈文之名称,梁简文帝称之为"今文""今体",以与传统的秦汉以来的散体文相区别。至唐代,柳宗元《乞巧文》说:

> 骈四俪六,锦心秀口。

指骈文之用典工丽,对偶精巧,就其句式而言,一般为四字句、六字句相对偶,遂有骈俪、骈体之称,而至宋代,则一般称骈文为"四六文",直接标明其句式特点了。骈文之文体形成于六朝,但是骈俪之句式则早在先秦典籍中已经存在。

骈散乃自然而生,未有优劣之别,清代包世臣在《艺舟双楫·文谱》中说:

> 讨论体势,奇偶为先,凝重多出于偶,流美多出于奇,虽骈必有奇以振其气,虽散必有偶以植其骨,仪厥错综,致为微妙。

骈散相间,既有文气之流畅自然,也有文体之凝重,不可偏废。

古代文章,从对偶与声韵来说,分为骈文、散文两大类。就文体而言,类别甚多。曹丕提出“奏议宜雅,书论宜理,铭诔尚实,诗赋欲丽”之四科八体,其中七体为文。陆机《文赋》提出:“诗缘情而绮靡,赋体物而浏亮,碑披文以相质,诔缠绵而凄怆,铭博约而温润,箴顿挫而清壮,颂优游以彬蔚,论精微而朗畅,奏平彻以闲雅,说炜晔而谲狂。”十种文体,其中九种属于文。萧统《文选》诗文兼收,共分三十九类,除诗外,其余三十八类皆属文。《文心雕龙》论列各体文章,仅篇名所列文体即达三十四种,除《明诗》《乐府》两篇而外,皆为文;而所论述的文体达八十二种之多。宋初编纂《文苑英华》,收南朝梁至唐代的诗文,分为三十八类,除诗、词外,其他亦属于文。具体而言,各类文体大概有:

> 赋、颂、赞、祝、盟、铭、箴、诔、碑、哀、吊、传、论、说、诏、策、檄、移、制、诰、册、誓、令、教、章、表、启、议、问、对、书、记、笺、奏、疏、符、状、简、约、原、辨、解、释、序、引、判、露布、批答、封禅、题跋、连珠、杂文、谐讔,等等。

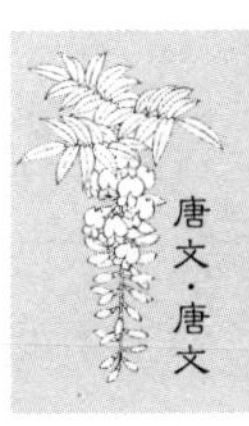

文章之作用如此巨大,范围又如此广泛,那么,如何阅读文章呢?

写作文章,是要将作者的认识、思想、情感、体验,按照一定的逻辑顺序表述出来,阐明其宗旨;同时为了能够比较准确、深切地表述,且易于读者之阅读了解,则需要以一定的艺术手法,精心结撰、镕铸剪裁、遣言造语,使之首尾圆合,条贯统序——保持思理的周密与通贯。而阅读文章,其实是一个“披文以入情”的过程,通过阅读文辞来理解作者的思想与情感;同时也是一个借助于他人的思维逻辑、思维方式而训练、培养自身思维的过程,从而养成分析问题、解决问题的能力。因此,首先需要掌握基本的文章体制规范,其次则要有比较强的语言文字穿透能力,了解文字的内在意旨所在。刘勰在《文心雕龙·知音》提出了“六观”之说:

是以将阅文情，先标六观：一观位体，二观置辞，三观通变，四观奇正，五观事义，六观宫商。

即，阅读文章，要从六个方面考察：一要看文章通篇之体制安排，是否符合基本的文体规范；二要看辞采的运用；三要看对前人作品的继承和创新；四要看作品风貌是奇是正，即作品风貌是沿袭传统还是有新变出奇；五要看文章的内容、成语和事类的运用；六要看文章语言的声韵是否谐畅自然。如果能够从这六个方面全面考察，那么文章的优劣也就显露出来了。因为作家创作文章之时，内心感情有所激动然后发而为文辞，而文章的读者则须由阅读文辞，进而了解作者的情志、思想，因此，沿着外在的形式风貌而探究内在的情志，即使是幽深的思想内容也一定能够显露出来。

汉语言有其独特性，文字乃形音义之集合体，一方面能够形成骈俪之偶对之美，另一方面，文章则有形文、声文、情文之美。

所谓形文，指语言文字的褒贬、情感色彩，也包括语句中字形的繁简之相间、同一偏旁字的避免过多重复，使之错落有致，间隔有度。在《文心雕龙·练字》中，刘勰提出了一条原则：

是以缀字属篇，必须练择：一避诡异，二省联边，三权重出，四调单复。

诡异，指字体奇特怪异，如曹摅诗：“岂不愿斯游，褊心恶讻呶。”讻呶，读xiōng náo，即喧哗。诗的意思是说难道是不愿意参加此次游玩吗？只是我狭小的内心讨厌那喧闹声。用“讻呶”两个怪异的字，就妨碍了对诗句的理解。更有甚者，用了许多怪异偏僻字，使人无法读解。联边，是指偏旁相同的字连用。如果实在不能避免，则最多联边字用三个。重出，就是同一个字重复出现，这样便于语言的谐畅自然，如果两个字都是必要的，则宁可重复。单复，就是字形笔画的多和少。笔画少的字组成句子，就显得稀疏而字行不美观；笔画多的字堆积成文，则显得暗淡而全篇无光。善于斟酌用字的，交错搭配笔画简单和复杂的字，就能够做到错落有致、连贯如珠了。这四条原则，不一定每篇都有，但作为写作应该掌握的基本要求，是应该注意的，这样则易于形成语言文字的错落有致，易于获得审美的享受。

声文是指文字的声韵谐畅。文章的声律，乃本于人的语言声音有高下疾徐之不同，自然而然形成。因此可知，乐器是模仿人的发声，并非人的发声在仿效乐器的发音；而语言是文章表达情志的关键，发出声音合乎音律，靠的只是唇吻而已。文章声律应该注意于四声（平上去入）之交替和谐，如果声律不协调，读起来不顺口，就好似作者患有口吃的毛病。刘勰提出了一个声律和谐的原则："异音相从谓之和，同声相应谓之韵。"即不同声调需要相互配合交替，同韵字则需要在不同的句尾相呼应，这样就能够使得声韵和谐流畅、琅琅上口。韩愈所提出的"气盛，则言之短长与声之高下者皆宜"，就是指受内在情感的激荡，文章之语言文字的声律与人的内在情感相呼应，而有自然谐畅之美。

情文，乃指人的喜、怒、爱、恶、惧的情感表达。其实，形文、声文乃是为表现情文而服务的；另一方面，对情文之体味周到深切，也能更好地表现形文和声文。形文、声文实际上即体现了文采的主要特征，用来修饰语言；而语言的巧妙华丽实乃源自于真实的情性，因而形文、声文皆在于有力地表现情志内容（情文）。刘勰说：

写气图貌，既随物以宛转；属采附声，亦与心而徘徊。

就是说，描摹物象，状写气韵，与外物本身相符合，而遣辞造句，注意于形文（辞语的感情色彩）和声文（语言的声律），也要与内心的情志表达（情文）相协调。可见，形文、声文、情文确实能够体现汉语言之美。

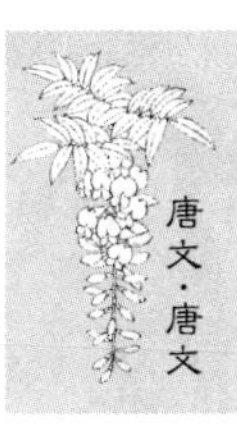

诚然，文章是人类社会生活不可或缺的，有交流思想、传播文明的伟大作用——"经国之大业，不朽之盛事"，又有怡情悦性、陶冶情操的功能；而中国古代文之起源甚早，文体多样，又有骈文、散文之分。因此，熟悉各类文体的基本特征，从汉语言之形文、声文、情文的特性入手，以"六观"为准则，披文以入情，以良好的语言文字修养，很好地理解文章之情志、思想以及文学之美，进而学习文章的写作，提高文字表达能力。

唐代是中国历史上又一个大一统时期，帝国疆域广大，国力强盛，国人满怀自信心和自豪感，是当时世界上最繁荣富强的国家，声威远播，影响巨大。唐代文章，上承秦汉魏晋六朝，下启宋元，转旧为新，承上启下，影响深远，占有重要的地位，是中国散文史上的又一个重要阶段。

唐代文章大体上分为三个阶段。第一阶段，从初唐至盛唐时期。唐初文体，承袭梁、陈文章余习，为适应新的时代要求，表现崭新的社会生活内容，文章开始变革。李世民、魏征、马周等政治家，总结隋朝灭亡之经验，以励精图治为宗旨，文章以内容恳切充实见称，用笔简劲，摆脱浮华、空洞以及六朝形式主义倾向，为一大进步。继之而起的初唐四杰——王勃、杨炯、卢照邻、骆宾王，则积极汲取了六朝骈体文的成就，追求新变：对偶更加精细，平仄严密、用典精切；另一方面，他们也致力于语言的通俗化、用典的自然，在内容上有所开拓，文章的意境也比较清新，从而创作出诸多鸿篇巨制，闳博瑰丽，大为时人所称赏。如：

云销雨霁，彩彻区明。落霞与孤鹜齐飞，秋水共长天一色。渔舟唱晚，响穷彭蠡之滨；雁阵惊寒，声断衡阳之浦。

望长安于日下，目吴会于云间。地势极而南溟深，天柱高而北辰远。关山难越，谁悲失路之人？萍水相逢，尽是他乡之客。

仙鹤来归，辽东之城郭犹是；灵乌代谢，汉南之陵谷已非。

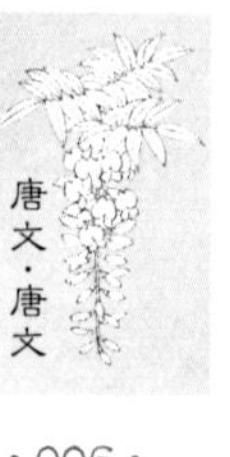

言犹在耳，忠岂忘心？一抔之土未干，六尺之孤安在？

请看今日之域中，竟是谁家之天下！

思睿彩壮，词珍句秀，脍炙人口，不徒腾誉于一时，而且流传于千载。而隋唐之际的王绩，则是初唐在野士人的代表，其文章有隐士文学的特色，也表现出了由华丽趋向质朴的倾向。

稍后，陈子昂以复古为革新，倡导诗文革新，《与东方左史虬修竹篇序》虽是就诗歌而发，但倡导汉魏风骨，高举复古的大纛，主张文章应该具有刚健明朗之风，确实起到了转变风气的作用。而且，陈子昂的文章，散文、骈文皆擅长，而且骈文数量颇多，有些文章写得沉郁顿挫，慷慨悲壮，彰显出关注现实社会人生的热切、激越的思想情调；其书奏体文章，如《谏灵驾入京书》，以散体而兼有骈偶，基本上恢复了古典散体文的格局。唐代文章大家梁肃说陈子昂“以风雅革浮侈”，乃唐文第一次大的变革，而《新唐书·陈子昂传》说：“唐兴，文章承徐（陵）、庾(信)余风,天下祖尚,子昂始变雅正。”明确指出了陈子昂以复古为革新的历史意义。

唐文第二次变革,由张说开启。张说在武则天时期登上政治舞台,出将入相,阅历丰富,又曾辅佐时为太子的李隆基,推行其文治思想,对盛唐文化高潮的到来,起到了积极的促进作用。张说骈文、散文兼工,其骈文以气势胜,且兼有徐陵、庾信之秀丽,散文真挚生动,自然流畅,别具一格。要之,张说的文章内容充实,写法各异,追求新变,并无一定的程式,崇雅黜浮,努力以雅正文学张扬大唐帝国的声威,所以梁肃指出张说的文章乃“以宏茂广波澜”,是继陈子昂而后的第二次变革。受张说的影响,张嘉贞、张九龄、李邕、王维、李白等,也是骈散兼工,富丽精工,气势充沛,清新雄浑,气象万千,呈现出多样性的情态,形成了一代文章的特色。

第二阶段,为中唐时期。一方面,古文运动的先驱——元结、萧颖士、李华、独孤及、梁肃等,从天宝年间开始,即提倡“道”为文本,主张以儒家六经为准则,文章要有充实的内容,切于时用,承载教化、移风易俗的社会功能,批评骈文忽视内容、追求声律,进而主张应该学习三代两汉的文章。至贞元、元和年间,韩愈、柳宗元大力倡导古文运动,主张文以贯道、文以明道,关心现实,忧国忧民,针砭时弊,考论得失,力图挽救唐王朝之衰颓。在艺术上,继承秦汉以来散文的优良传统,叙事论理,深切入微,平易浅近;同时也汲取了骈文讲究对偶排比、用典精工、声韵谐畅之优长,骈散相间,自铸伟辞,文从字顺,句式整齐而又错综变化,注重文章的内在思理、逻辑,有一种疏宕雄浑之美。刘禹锡、元稹、白居易、吕温、吴武陵、樊宗师、李观、欧阳詹、皇甫湜、李翱、李汉、张籍等,都是古文运动的积极参加者,遂使这一运动声势浩大,产生了深远的影响。

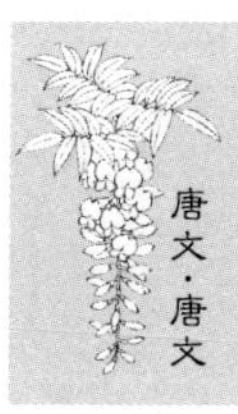

另一方面,这一阶段的骈文创作,并未因古文运动之兴盛而衰落。朝廷公私文翰,仍然全用骈文。《新唐书·文艺传》序说,“制册则常衮、杨炎、陆贽、权德舆、王仲舒、李德裕”,“皆卓然以所长为一世冠”。其中,陆贽的骈文虽是实用文体,但分析当时形势,发布命令,论事析理,于古今政治之得失,深切著明,且又注意于语言的对偶、声律之精密工巧的同时,追求通俗浅易,很少用典,而且情感饱满真挚,颇能感动激发人意。陆贽拓展了骈文的创造力,充实了骈文的生命力。白居易、元稹的制诰类文章,皆为骈文,学习陆贽,文情并茂,论事析理,深切委曲,追求典雅之同时,也变古奥为浅易通俗,体现出古文运动对骈文的影响。

第三阶段,为晚唐时期。一派沿袭古文运动的绪余,如杜牧之雄奇超迈、舒元舆之文辞华赡飘逸、孙樵之通晓畅达、刘蜕之险怪等，各得古文运动的一端；而皮日休、陆龟蒙、罗隐等，致力于小品文的写作，成就斐然，鲁迅先生称誉为“一塌糊涂的泥塘里的光彩和锋铓”，但毕竟已是古文运动的尾声，无法振起古文运动的颓势。另一派，则为骈文的主要作家，在晚唐五代，为文坛的主流，唯美主义、形式主义文风兴盛一时。其中令狐楚、李商隐的文章比较有坚实的内容，尤其是李商隐的骈文，以四六名篇，上承六朝，而声律更加谐畅，下开宋代文风，风骨峻峭，情感真挚充沛，将汉语言之形文、声文、情文之美，发挥到极致，深受时人及后人的喜爱。

唐文数量众多，清代所编《全唐文》一千卷，作者三千多人，文章一万八千余篇，此后又陆续发现了一万余篇的文章。应该说，唐文的主体是骈文，而且通行于社会生活的各个层面，贯穿唐代近三百年，并未少衰；而韩愈、柳宗元所倡导的散文在数量上很少，流行的时间亦比较短。因此，撰著本书，势必不能比较全面地介绍唐文，只能选取颇具代表性的作家和文章，同时适当照顾文体类别，使读者能够对唐文有一些初步的了解。

我们以讲故事的方式，讲解文章。故事有两个基本的作用，一是增加阅读的趣味性，故事乃进入文章阅读的一个有效的方式而已；一是突现人物的风神、精神，或者交待相应的背景，以期有助于理解文章。一般来说，文章的篇幅都比较长，断章取义，往往不能把握、理解文章的内在思理；架空斡旋，更是隔靴搔痒，使精金美玉的文章，了无余蕴，味同嚼蜡。因此，在具体撰述时，尽量选取比较有蕴含的故事，彰显人物的风神、精神，在论析文章时，介绍相关背景、写作之事件及对象，剖析文章的整体结构、内在思理、作家的情怀，同时也适当地分析文章论事析理、遣辞造语的艺术性以及风格特色。在理解、欣赏文章之内在思理、严密逻辑力量、激越的情感，享受文章之美的同时，也感受古人之精神、风神，以及经世济民、勇于任事、行止有耻的卓荦风节，传扬人类的伟大理性，开拓万古之心胸，得到伟大志气的滋养、高远情怀的树立以及品德的砥砺，走向自身人格的成熟，而继往开来。可以说，阅读前代优秀文章，所获致之裨益是多方面的，其意义与影响无疑是颇为巨大而深远的。

目　录

唐文·唐文

心系民瘼，慷慨切直

——魏征《谏十渐不克终疏》与《谏太宗十思疏》

魏征

唐太宗李世民少时即率军征战，驰骋南北东西，战无不胜。继承皇帝位之后，年号为贞观，在宫中令侍从皆带刀剑，练习武艺，并且亲自考校，励精图治，从谏如流。影响所及，举国上下，军民一体，众志成城，数年之间，国力充实，兵强马壮，遂命李靖征讨漠北突厥。自隋朝以来，突厥势力强大，动辄率军侵入中原，烧杀戮掠，甚至于逼迫隋及唐向其称臣。李世民刚即位，突厥就率军大举入侵，直至长安城下。因而，李世民痛下决心，一定要扫平漠北突厥，使人民安居乐业。此次李靖受命出征，俘获突厥颉利可汗，荡平了漠北突厥，边疆安定。李世民很高兴地说："往者国家草创，太上皇（高祖李渊）以百姓之故，称臣于突厥，未尝不痛心疾首，志灭匈奴。今暂劳偏师，无往不捷，单于稽首，耻其雪乎！"（刘肃《大唐新语》卷七）

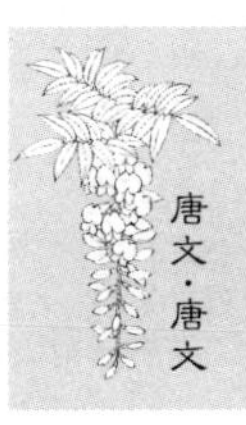

鉴于隋朝灭亡，李世民认识到了"水能载舟，亦能覆舟"的道理，善于纳谏，主动善待百姓，处理好各方面事务。但随着皇位的稳固，国力的强大，也日渐滋生了骄逸的心态。在战时，李世民善于驰骋疆场，指挥千军万马；而在和平时期，曾经的天策上将府的大将军颇喜好打猎，也许纵马驰骋，追逐猛兽的快意，仍能令其滋生出战场上铁马金戈的豪情吧。有一次，太宗李世民得到了一只极为俊异、毛羽鲜丽、颇通人性的鹞子，指挥自如，捕捉猎物无不随人心意。当李世民正在赏玩之时，远远望见魏征入宫，怕这个耿直的老头儿又要絮絮叨叨，赶快把鹞子藏在怀袖中。魏征早就看见太宗藏鹞于怀袖的举动，于是上前奏事，汇报完之后，并没有立刻离开之意，而是滔滔不绝地说到前古帝王贪图安逸快乐之享受，无不导致国家衰弱、民不聊生，严重者乃身死国灭，借此以表达讽谏之意，希望太宗李世民能够醒悟，能够善始善终，持之以恒治理好国家。“语久，帝惜鹞且死，而素严敬（魏）征，欲尽其言。”（《隋唐嘉话》卷上）唐太宗真是好焦急，但又不能流露出不耐烦——一方面怕辱没大臣，有失臣子的自尊，一方面怕自己落得个玩物丧志、不尊礼大臣的声名。终于等到魏征絮絮叨叨完了，离去，唐太宗才发现那只俊异的鹞子已经被捂死在怀袖中了。

贞观十三年（639年），魏征上《谏太宗十渐不克终疏》，劝谏唐太宗要防微杜渐，能够慎终如始，善始善终。文章析理论事，娓娓道来，平心静气而能切入心脾。文章开篇说：

> 臣观自古帝王受图定鼎，皆欲传之万代，贻厥孙谋。故其垂拱岩廊，布政天下。其语道也，必先淳朴而抑浮华；其论人也，必贵忠良而鄙邪佞。言制度也，则绝奢靡而崇俭约；谈物产也，则重谷帛而贱珍奇。然受命之初，皆遵之成治；稍安之后，多反之而败俗。其故何哉？岂不以居万乘之尊，有四海之富，出言而莫己逆，所为而人必从，公道溺于私情，礼节亏于嗜欲故也！

历史的长河中，每一个开国帝王，都欲使自己的江山传之千秋万代，开始都励精图治，崇尚淳朴简约，绝去浮华奢靡；然而国家稍安之后，大都违反其初衷而贪图浮华奢靡，从而伤风败俗，加速了社会的腐化颓靡，最终导致民不聊生，天下大乱。魏征以为，此乃贵为天子之尊，富有四海，随心所欲，从而使“公道溺于私情，礼节亏于嗜欲”了，并引古语说：“非知之难，行之惟难；非行之难，终之斯难。”——即这不是一个认识上的困难，而是实践上的困难；不是实践上的困难，而是善始善终、持之以恒的困难。文章先从道理上透彻地论述，树立了一个高标，既是现实的创业垂统的问题，也是历史的经验总结。此后，则颂扬李世民青年时即能谋划立国，征战疆场，削平区宇而开创帝业，接着则论述太宗李世民仁义之道、简约之志，不能善始善终，持之以恒，未能保持前后言与行的一致性。从实际行为来看，魏征批评李世民“听言则远超于上圣，论事则未逾于中主”——口头上夸夸其谈，足可超越圣贤，而实际的作为甚至于比不上一个行为庸碌的皇帝。这样的批评真是够尖刻的了。

所论十事，乃从十个方面，以“贞观之初”之善政与“顷年以来”的弊端，两相对照，具体论述太宗李世民的作为，确实乃“渐不克终”。如第二事，论唐太宗轻用民力，节俭爱人之心渐不克终，则引孔子之语，治理百姓“懔乎若朽索之驭六马”——如同以朽坏之绳索驾驭六匹马所拉的车子一样令人危惧；引《尚书》“民惟邦本，本固邦宁。为人上者，奈何不敬？”——百姓乃国之根本，百姓安居乐业，国家才能安宁。认为贞观之初，“视人如伤”，“爱民犹子”；数年之后，“意在奢纵，忽忘卑俭，轻用人力”，并且认为“百姓无事则骄逸，劳役则易使”——百姓生活安定则骄逸，使其动荡困苦便易于驱使，真是愚民政策，无怪魏征“恐非兴邦之至言，岂安人之长算”（人，即民，百姓，因避李世民之讳而改）。第三事，批评唐太宗放纵自己的欲望，而且拒谏，说其初“损己以利物”，而今“纵欲以劳人”，实乃“卑俭之迹岁改，骄侈之情日异”。从太宗之表现来说，乃忧国忧民之言不绝于口，而贪图个人之安乐享受却颇切合内心的真实想法，即“虽忧人之言不绝于口，而乐身之事实切于心”，探究李世民的心思，真是洞若观火，使得李世民毫无隐藏了。第七事，批评李世民喜欢打猎，乃享受安乐之心放纵的表现——“遂使盘游之娱见讥于百姓，鹰犬之贡远及于四夷”；而且“道路遥远，侵晨而出，入夜方还。以驰骋为观，莫虑不虞之变”，放松了警戒之心，随意身履险地，致社稷国家于不顾，所谓“事之不测，其可救乎”？此外，批评下情不能上达，致使上下之间不能沟通，李世民失去了接待臣子的敬心。所谓“君使臣以礼，臣事君以忠”，“君之待臣，义不可薄”。上下睽隔，“而望上下同心，君臣交泰，不亦难乎”？

李世民

论十事已毕，文章又总括全文，指出“祸福无门，唯人所召。人无衅焉，妖不妄作”，所谓天灾，在某种意义上都是人为因素而将其扩大了，如果能处理得当，完全可以将“天灾”的危害性降低到最小程度。魏征的这一认识，无疑是深刻的，有历史的前瞻性。当然，劝谏君王，魏征还是很注意语言的分寸和论辩的逻辑性，认为之所以对唐太宗求全责备，是因为“社稷安危，国家理乱，在于一人而已。当今太平之基，既崇极天之峻；九仞之积，犹亏一篑之功。”魏征不愿意功亏一篑，而愿意在这个大好的形势下，为太平之大业贡献自己的力量，他认为这是一个千载难逢的好时代，“千载休期，时难再得。明主可为而不为，微臣所以郁结而长叹者也”。切直而又谨慎，在批评中不忘颂扬，使人主易于接受其谏诤，发挥其文章应有的作用，真是懂得文章写作之曲折法度，立意命篇关键之所在。

《贞观政要》卷十记载，唐太宗读到这篇文章，很是感动，决心做到“闻过能改，庶几克终善始”，并且说：“自得公疏，反复研寻，深觉词强理直，遂列为屏障，瞻仰，又录付史司，冀千载之下，识君臣之义。”

这篇文章，情感真切，道理通达，气势雄骏，而又从容不迫。虽多骈偶句子，而文气流畅，文旨显豁，开启读者之心智。魏征批评文章“浮艳之词”“迂诞之说”，主张内容要充实，要言之有物。魏征认为：“自古上书，率多激切。若不激切，则不能起人主心。激切即似讪谤。”（《贞观政要·纳谏》）“似讪谤”则易招致皇帝的反感，因而，为了发挥应有的讽谏作用，疏奏类的论事之文，虽有“激切”之优长，但亦应该注意论事说理之深透、行文之从容不迫和委曲婉转。

魏征又有《谏太宗十思疏》，颇具道理明畅、深婉不迫之特色，文曰：

> 臣闻求木之长者，必固其根本；欲流之远者，必浚其泉源；思国之安者，必积其德义。源不深而岂望流之远，根不固而何求木之长，德不厚而思国之治，虽在下愚，知其不可，而况于明哲乎！人君当神器之重，居域中之大，将崇极天之峻，永保无疆之休，不念于居安思危，戒贪以俭，德不处其厚，情不胜其欲，斯亦伐根以求木茂，塞源而欲流长者也。

文章接着论述，人主善始者多，而善终者少，并不是创业易而守成难，而是创业之时，因处于艰难困苦、忧患危迫之中，故能竭诚待下，上下同心同德，故无往而不利；成功之后，志得意满，骄纵日甚，上下离心离德，则败国亡身亦不远矣。“虽董之以严刑，振之以威怒，终苟免而不怀仁，貌恭而不心服。怨不在大，可畏惟人。载舟覆舟，所宜深慎，奔车朽索，其可忽乎？”魏征认识到民心的向背是最为关键的。因此，作为君王，必须居安思危，经常认真地检点自己的思想和言行，自我约束，文章至此顺理成章地提出了“十思”：

> 君人者，诚能见可欲则思知足以自戒，将有所作则思知止以安人，念高危则思谦冲而自牧，惧满溢则思江海而下百川，乐盘游则思三驱

以为度，恐懈怠则思慎始而敬终，虑壅蔽则思虚心以纳下，想谗邪则思正身以黜恶，恩所加则思无因喜以谬赏，罚所及则思无因怒而滥刑。

并主张荐贤任能，择善而从。真是深切周详，理畅辞达，有从容不迫、一唱三叹之韵。魏征讽谏文能够继承秦朝李斯《谏逐客书》之文气流贯，词理优长，西汉初贾谊陈政事文之论难辨析之特点，而自具特色。后来中唐之陆贽奏议文，宋朝欧阳修、苏轼之奏议类文章，皆用其体式，成为朝廷应用文之典范。

魏征（580—643 年），字玄成，钜鹿人，徙家相州之内黄（今属河南）。幼年丧父，生活困顿，而立志苦学，落拓有大志。隋末战乱，参加了李密的反隋起义，李密失败后，遂降唐，为太子李建成属下，玄武门政变之后，为李世民所吸纳。魏征秉性耿直，有操守，不曲学阿世，关心民生疾苦，而且有建功立业的远大志向。魏征初降唐，请缨招抚李密旧部，作有《述怀》一诗："中原还逐鹿，投笔事戎轩。纵横计不就，慷慨志犹存。"满怀壮志，而感伤于战乱中民生之凋敝，抒发其豪情，"岂不惮艰险，深怀国士恩"，"人生感意气，功名谁复论"。有国士之恩遇，遂以国士而报之。魏征生平忠谨，为人极谦逊。《旧唐书·魏征传》说："征自以无功于国，徒以辩说，遂参帷幄，深惧满盈。"因而对国事、民生，知无不言，言无不尽。古代君国一体，对皇帝的忠贞、劝谏，就是为国为民的另一种表现。

唐太宗贵为天子，富有四海，口含天宪，决定着一个人的生死荣辱。身边之人，顺从阿谀，即可获得无限的好处，而违逆者则顷刻有不测之祸。唐太宗曾止于一树下，此树枝干雄伟，冠盖巨大，很美，不由得赞叹"嘉树"，而宇文士及"从而美之不容口"，唐太宗正色告之："魏征常常劝我远奸佞小人，我不知佞人是谁，看来你就是了。"宇文士及劝解说："南衙群官，面折廷争，陛下尝不得举手，今臣幸在左右，若不少有顺从，陛下虽贵为天子，复何聊乎？"（《隋唐嘉话》卷上）即："在朝堂之上，百官劝谏，与陛下争论，一点情面都不留，陛下动辄得咎，现在幸而我在您身边，多说顺从的话，让您体会到做皇帝拥有至高无上威权的快乐。"在这样心态的一批人包围之中，皇帝还能够长期保持清醒的头脑、励精图治之雄心、慎终如始之恒心吗？贞观十一年，有人请给唐太宗编文集，唐太宗说："朕若制事出令，有益于人者，史则书之，足为不朽。若事不师古，乱政害物，虽有词藻，终贻后代笑，非所须也。只如梁武帝父子及陈后主、隋炀帝，亦大有文集，而所为多不法，宗社皆须臾倾覆。凡人主惟在德行，何必要事文章耶？"竟不许。（《贞观政要》卷七）

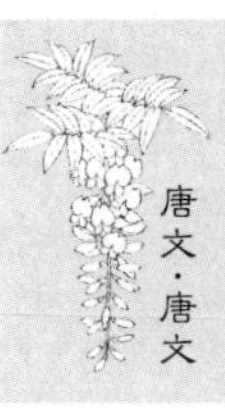

其实，李世民不仅政治上很杰出，有思想，而且爱好文学艺术，开文学馆，招名儒为十八学士，即位之后，又置弘文馆，听朝之后，常与诸学士讨论典籍，杂以歌诗文章，他擅长书法，特别喜欢王羲之书法，尤其喜爱《兰亭序》。李世民传世的书法有《唐魏郑公碑》《唐晋祠铭》《唐温泉铭》等。诗歌如《经破薛举战地》《饮马长城窟行》《帝京篇》等，可谓是唐诗新风尚的开创者。贞观十一年，针对魏征之上疏，作《答魏征手诏》，表彰魏征公忠体国之情、秉道行义之行，不顾个人利害的大智大勇，进而表示自己要虚心接受，勇于改过，更加感到忠臣辅政，乃达到政治清明之大治大化的必要性和迫切性。在《民可畏论》中，指出自古帝王之有兴有衰，是自然而然的，深刻认识到民与君的关系乃王朝盛衰兴亡的关键："天子有道，则人推而为主；无道，则人弃而不用。"体现出了难能可贵的清醒理性精神。

唐太宗李世民有清醒的头脑，又能主动纳谏，因而魏征就积极劝谏，让他保持清醒的头脑、励精图治之雄心、慎终如始之恒心，从而利于国家，利于百姓，因此，魏征讽谏文章的意义就很大了，体现了一个有思想、有操守政治家的思想深度和卓荦风节。唐太宗李世民主张应以人为鉴、以史为鉴，而魏征等耿直忠贞之臣，就是其人鉴，因而他说："人言魏征举动疏慢，我但觉其妩媚耳。"（《隋唐嘉话》卷上）魏征临终有《遗表稿》，指出国之兴衰治乱，关键在于用人。而用人则在知人，知人则不能有主观上的爱憎参杂于其间，宜客观公正，而且更应该"爱而知其恶，憎而知其善，却邪勿疑，任贤勿贰"，如此则国家可以兴盛。

唐初，能够公忠体国，讽谏君王爱惜民力、励精图治者，魏征而外，还有虞世南、岑文本、马周、褚遂良等，撰写了许多讽谏之文。正是有圣君贤臣的共同治理，形成了天下安康、夜不闭户、路不拾遗、行旅不赍粮的"贞观之治"，文之时义亦大矣哉！

深识事理，语多委婉

——马周《上太宗疏》与《陈时政疏》

唐太宗贞观五年（631 年），天下大旱，朝廷下诏，要求文武官员上疏极言时政之得失，以期望改过纠错，上以顺应天时，下以矫治弊端。古代社会，天旱霖雨、地震大风等自然灾害，往往被认为是政治措施不当，或有冤情，因而上天降下灾害，以垂示警戒。唐太宗李世民也不例外，当天下大旱之时，则下诏求闻过失。皇帝有诏令，诸位大臣们自然是各显其能，尽心尽力，针对朝廷政治措施，提出自己的看法来。而中郎将常何甚是苦恼，“何武人，不学，不知所言”——虽然颇有战功，却苦于识字不多，无法写成奏疏。正在一筹莫展之时，门下客马周给常何献上了一篇奏疏，并诵读一遍，常何大喜过望，但又不无担忧：奏疏陈说了二十多条建议，是否太多了，会让皇帝不高兴？马周说：“将军蒙国厚恩，亲承圣旨，所陈利害，已形翰墨，业不可止也。将军即不闻，其可得耶？”（刘肃《大唐新语》卷六）

阎立本 步辇图

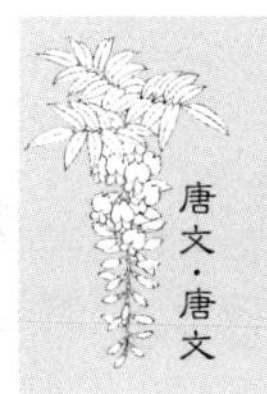

太宗皇帝亲览常何奏章，文章针对现实政治，提出诸多建议，恰切精当，而论事说理，又极其透彻明白。李世民颇为惊奇，不知书的将军常何能有如此见解，且文章精美，论事析理，皆能高屋建瓴，见识非凡；所论举之事虽多，却能提要钩玄，纲举目张，而条理井然。显然，这不是不知书的一介武夫常何所为，太宗急召常何询问，常何说：“此非臣所能，家客马周为臣具草耳。”（洪迈《容斋四笔》

卷一〇)太宗皇帝便急召一介布衣马周,太宗思贤若渴,竟然接连派三人征召。马周朝见太宗,指陈时政,论事说理,娓娓动听,“所陈世事,莫不施行。旧诸街晨昏传叫,以警行者,代之以鼓,城门入由左,出由右:皆马周法也。”(刘𫗧《隋唐嘉话》卷中)当时首都长安城实行宵禁,当夜幕降临之时,长安城门关闭,各里坊之里门关闭,至第二天早晨再开启。为了统一指挥,各坊里皆有专人传呼“关门喽!”“开门喽!”费时费力,不便于民。马周建议各坊里皆置大鼓,晨昏开启关闭城门、坊里之门,均由指挥中心擂鼓,鼓声四达,各坊里鼓声亦起,顷刻之间,传遍长安城。马周还规定,进入城门,靠左行,出城,则靠右行,这样则防止行人拥挤,说不定我们今天的马路靠右行的规则,就是马周的创意呢。

马周聪颖过人,史称马周“有机辩,能敷奏,深识事端,动无不中”。唐太宗李世民对他颇为器重,说:“我于马周,暂不见辄便思之。”遭遇明主,马周也尽职尽责,上疏讽谏,以期有所补益。《上太宗疏》是马周的一篇名文,条陈数事,以讽谏至尊。文章第一事,乃讽谏太宗对太上皇高祖李渊的尊崇,而不先说此事,却从自身说起:

> 微臣每读经史,见前贤忠孝之事。臣虽人小,窃希大道,未尝不废卷长想,思履其迹。臣以不天,早失父母,犬马之养,已无所施,顾来事之可为者,唯忠义而已。是以徒步二千里而自归于陛下。陛下不以臣愚瞽,过垂齿录,窃自顾瞻,无阶答谢。

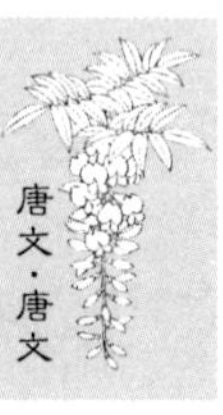

读书而知忠孝之事,见贤思齐,希望能行忠孝,然自身不幸,父母早亡,欲行孝道而不得,所可实行者则忠义之道。而受知遇于太宗皇帝,自是行忠义之时也。为行忠义,自然就应该尽心尽力、尽职尽责,直言敢谏就是行忠义之一途径了。真是娓娓而谈,入人心脾。文章自然而然地引入了对太上皇李渊的态度问题。这实在是个敏感问题,也是个“政治性”的严重问题。武德九年(626年),李世民发动“玄武门之变”,处死了兄长太子李建成、弟弟齐王李元吉,逼迫李渊退位,虽说事出有因,是政治斗争的尖锐和复杂矛盾的大爆发,但骨肉相残的悲剧还是上演了。李世民登基之后,实际上是将太上皇李渊软禁于皇城外之大安宫中。古人讲究忠孝之道,孝乃对父母之孝敬,忠乃对君上之忠诚,由内而及外——即由孝而及于忠,孝于父母、友于兄弟,自然才会忠于君王国家,义于朋友。虽然李世民治国有方,励精图治,形成“贞观之治”,威加四夷,四夷酋长上尊号“天可汗”，成为古往今来的千古一帝，但“玄武门之变”的政治负面影响毕竟长期存在，也影响着唐帝国臣子庶民的道德观念。马周审时度势，及时而勇敢地提出了对待太上皇李渊的礼节及态度问题，将严肃的政治问题，以感人之亲情提出：

臣伏见大安宫在宫城之西，其墙宇门阙之制，方之紫极，尚为卑小。臣伏以东宫皇太子之宅犹处城中，大安乃至尊所居，反在城外，虽太上皇游心道素，志在清俭。陛下重违慈旨，爱惜人力，而蕃夷朝见，及四方观听，有不足者。臣愿营筑雉堞，修起门观，务从高显，以称万国之望，则大孝昭乎天下矣。

马周将太上皇李渊所居之大安宫与太子东宫相比较，一在城外，一在城内，一高大，一卑小。不言自明，太宗薄父而厚子，则何以为天下之表率？文章说得很委婉，李渊专心求道，清俭而不讲究华美，太宗爱惜人力，不愿铺张浪费，然而不通过必要的形式、必要的礼节——修筑宫墙，建设门观，“务从高显”，无法使天下周知父慈子孝的道理——“以称万国之望，则大孝昭乎天下矣”。文章所论第二事，实际上仍然是关于这一敏感性政治问题的：

臣又伏见明敕，以二月二日幸九成宫。臣窃惟太上皇春秋已高，陛下宜朝夕视膳而晨昏起居。今所幸宫去京三百余里，銮舆动轫，严跸经旬日，非可以旦暮至也。倘太上皇情或思感，而欲即见陛下者，将何以赴之？且车驾今行，本为避暑，然则太上皇尚留热所，而陛下自逐凉处，温凊之道，臣窃未安。

九成宫在今陕西麟游县西，唐贞观五年（631 年）以隋仁寿宫改名，殿宇宽敞，地势较高，风景佳丽，气候凉爽，是避暑胜地。李世民为避暑热，欲移驾九成宫。马周指出，太上皇李渊年事已高，不宜远离；避暑而将太上皇留于暑热之所，更非所宜。此类举措，皆非孝道。第一事，旨在修筑太上皇大安宫居处，以示尊礼，所谓“大孝昭乎天下”；第二事，则讲应该尽心孝道，以诚敬为上。《论语》说，子游问孝，“子曰：今之孝者，是谓能养，至于犬马，皆能有养，不敬，何以别乎？”孝敬父母，不是说只要让其有饭吃就可以了，而是说应该诚敬于心；有饭吃，只是“养”而非“孝”,“孝”不在于锦衣玉食,而在于心存诚敬,晨昏省问,不违逆其志是也,让父母开心顺心。因此孟子说:“养而不爱,豖畜之也;爱而不敬,兽畜之也。”可见,孝之关键,在于爱敬。如果仅仅高显大安宫居处,李世民避暑热而置太上皇李渊于不顾,无爱敬诚挚于心,可谓“孝”乎?儒家的理想是“修身、齐家、治国、平天下”,身为四夷酋长“天可汗”之李世民,可谓善于治国、平天下,“贞观之治”为历史上可称羡的美好时期,然而以自身之“孝”揆之,其“修身、齐家”并未做好,那么将如何为天下表率,达到大治大化之盛世呢?可见,马周所论,非仅仅为皇室之琐屑私事,实乃关乎社会之根本道德建设,树立核心价值观,引导大臣庶民由“孝”而“忠”,敦睦风俗,孝敬父母,尊老爱幼,创建良好的社会风尚。马周熟知历史,能探知历史的真相。魏晋之际,司马氏集团为了夺取曹魏政权,处心积虑,不择手段,无不用其极,甚至弑杀当朝皇帝高贵乡公曹髦,废元帝曹奂,司马炎称帝,建立晋朝,是为西晋。西晋初年,因政权乃篡夺而来,作为曹魏臣子的司马氏,实乃不“忠”,因此,司马氏标举“孝”为核心价值观,作为道德建设的根本,且号称以“孝”治天下,而并未公开地倡导“忠”。而“孝”乃私德,“忠”为公德,重私德而轻公德,天下何能长久?因此,武帝司马炎一死,惠帝司马衷继位,很快就酿成“八王之乱”,生灵涂炭,民不聊生,致使北方诸族乘乱兴兵,迫使晋室南渡,司马睿在建康(今南京)建立政权,史称东晋,勉强拥有半壁河山。从司马炎称帝到晋室南渡,号称以“孝”治天下的西晋王朝,骨肉相残,仅仅存在了五十一年。显然,马周深知社会道德风尚和核心价值观在维系世道人心方面所起的潜在而强大的作用,遂劝谏太宗李世民,“孝”“忠”并举,以扭转一时社会道德风尚,马周这篇文章的意义是巨大而深远的。

第三事乃唐太宗分封宗室及有功子弟,并使之担任要职、实职,赴州郡上任理事,目的在于使皇室及功臣子弟能够长保富贵,“贻厥子孙,嗣守其政,非有大故,无或黜免”。对此,马周忧虑颇深远:“臣窃惟陛下封植之者,诚爱之重之,欲其继嗣承守而与国无疆也。臣窃以为必如诏旨者,陛下宜思所以安存之富贵之,何必使代官也。”因为在马周看来,即使尧舜圣人,也有不贤之子孙。宗室功臣子弟,倘若在孩童之时,就任职重要岗位,往往易陷于骄横愚昧,则百姓遭受祸殃,国家蒙其祸患,本来是想爱护贵族子弟,使之处于重要岗位而长保富贵,却恰恰使之陷于罪责而过早斩绝——“向所谓爱之者,乃适所以伤之也”。马周的认识很明确,赏赐宗室功臣,褒奖有功,不必一定要授予官职。爵(官职)与禄(财富)是帝王所以富贵人者,爵是治理国家、管理百姓的重要岗位,不可轻易授予人，唯有能力者居之。而禄则可以赏赐功臣及其子弟，酬其功劳辛苦，使之具有一个良好的生活环境，如能勉力向上，才能卓越，自然可以获官任职，治理国家，发挥其优越的才能，实现其治世的理想抱负；如不能勉力向上，甚至才识低下，却能保其生活富足，而不能危害百姓、国家。马周并且列举历史上的显著例子："昔汉光武不任功臣以吏事，所以终全其代者，良得其术也。"据事析理，而条理井然，自能沁人心脾。这样的意见，在贞观十一年的《陈时政疏》中，马周又进一步论谏：

> 臣窃观今诸将功臣，陛下所与定天下者，皆仰禀成规，备鹰犬之用，无威略振主如韩（信）、彭（越）之徒难驾驭者。而诸王年并幼少，纵其长大，当陛下之日，必无他心。然即万代之后，不可不虑。自汉晋以来，乱天下者，何尝不是诸王。皆为树置失宜，不预为节制，以至于灭亡。人主岂不知其然，但溺于私爱，故使前车既覆，而后车不改辙也。今天下百姓极少，诸王甚多，宠遇之恩，有过厚者。臣之愚虑，不唯虑其恃恩骄矜也。

在马周看来，爵与禄的问题，关系选贤任能的人才选拔制度，对维护国家的稳定与统一，有极大的关系，实乃立国之基，所以再三告诫。出于这样的认识，在《上太宗疏》中，马周进而提出了治理国家，重在选官任能，批评唐太宗的一些不明智之举措：

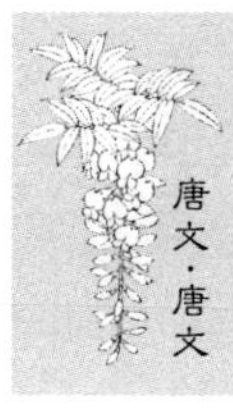

> 臣又闻致化之道，在于求贤审官，为政之基，必自扬清激浊。故孔子曰："惟名与器，不可以假人。"是言慎举之为重也。臣伏见王长通、白明达，本自乐工，舆皂杂类；韦槃提、斛斯正，则更无他材，独解调马，纵使术逾侪辈，能有可取，止赐金帛以富其家，岂宜列预士流，超受高爵？遂使朝会之位，万国来庭，驺子倡人，鸣玉曳组，与夫朝贤君子，比肩而立，同坐而食，臣窃耻之。

前文所论者乃滥赏爵于宗室功臣，此处所论，则为求贤审官，要扬清激浊。批评唐太宗滥赏官职，而开侥幸之门。因此，马周建议应该及时更正错误举措。《旧唐书·马周传》说，李世民很同意马周的意见，"太宗深纳之，寻除侍御史，加朝散大夫”。

如此的文章写作才能、卓越的见识，使马周颇受前辈的称赞。岑文本说：“吾见马君论事多矣，援引事类，扬榷古今，举要删芜，会文切理，一字不可加，一字不可减，听之靡靡，令人忘倦。”认为马周论事析理的能力，可与战国纵横之士苏秦、张仪，汉代之奏疏名家终军、贾谊相媲美。马周为文，能“援引事实，扬榷古今”，却并非纵横驰骋，激昂慷慨，而是在透辟的论事析理中，用语自然，不假雕饰，表现得委婉不迫，恳切周至，具有雍容迂纡之姿态。如贞观十一年之《上陈时政疏》，论及国家长治久安的问题，提出应该厚养百姓，与民休息：

> 创业之君，不务广恩化，当时仅能自守，后无遗德可思，故传嗣之主，政教少衰，一夫大呼，而天下土崩矣。今陛下虽以大功定天下，而积德日浅，固当思隆禹汤文武之道，广施德化，使恩有余地，为子孙立万代之基，岂欲但令政教无失，以持当年而已。

指出现今百姓服徭役甚重，“道路相继，兄去弟还，首尾不绝，远者往来五六千里，春秋冬夏，略无休时”，因而百姓颇有嗟怨之言，失去休养生息、厚养百姓之道。因此，为使文章具有说服力，列举历史事实，扬清激浊：

> 昔唐尧茅茨土阶，夏禹恶衣菲食，如此之事，臣知不可复行于今。汉文帝惜百金之费，辍露台之役，集上书囊以为殿帷，所幸慎夫人衣不曳地。至景帝以锦绣纂组妨害女功，特诏除之，所以百姓安乐。至孝武帝，虽穷奢极侈，而承文景遗德，故人心不动。向使高祖之后即有武帝，天下必不能全。

马周并不要求太宗皇帝像唐尧和夏禹那样，过艰苦的生活，而是要求以汉文帝、景帝为榜样，厉行节俭，与民休息，希望唐太宗不要像汉武帝那样穷奢极侈，要注意给予百姓休养生息的机会，有遗德、遗爱于民，使百姓能够自然而然地产生对国家社稷的亲近感、认同感，如此则家与国成为一体。假如创业之帝汉高祖之后，紧接着就是穷奢极侈的汉武帝，“天下必不能全”——汉代很可能也如秦朝一样，二世而亡了，这样的认识，很是发人深省。当然，马周的认识是宏通的。因为，随着时代的发展，物质越来越丰富，生活水平在不断提高，如果一味要求过艰苦朴素生活，而放弃繁华的物质，则势必会与社会的发展相违背，使社会失去前进的动力。在物质文明大发展、社会财富极大丰富之时，提倡艰苦朴素，并不是要求回到过去，而是要求不浪费、不奢靡，爱惜物力——“一粥一饭，当思来者不易；半丝半缕，恒念物力为艰”，不丧失积极进取的开创精神而已。

马周还列举隋末之事，以为殷鉴不远，应该吸取历史的教训：

> 臣窃寻往代以来之事，但有黎庶怨叛，聚为盗贼，其国无不即灭。人主虽改悔，未有重能安全者。凡修政教，当修于可修之时，若事变一起，而后悔之，则无益者也。故人主每见前代之亡，则知其政教之所由丧，而皆不知其身之失。是以殷纣笑夏桀之亡，而幽厉亦笑殷纣之灭，隋炀帝大业之初，又笑齐魏之失国。今之视炀帝，亦犹炀帝之视齐魏也。故京房谓汉元帝云：“臣恐后之视今，亦犹今之视古。”此言不可不诫也。

这样的结论，正是后来杜牧《阿房宫赋》所说“秦人不暇自哀，而后人哀之；后人哀之而不复鉴之，亦使后人而复哀后人也”。旁观者清而当局者迷，马周希望唐太宗能够从“迷”局中跳出来，以清醒的历史理性来看待当下。贞观之初，“率土荒俭，一匹绢才得一斗米”，物力维艰，而天下安然，天下皆知君王甚爱怜百姓，“故人人自安，帝无谤讟”，然而五六年以来，年年丰收，物产丰富，“一匹绢得粟十余石”，而“百姓皆以为陛下不忧怜之，咸有怨言”，正因为君王不爱惜民力，而多营不急之务的缘故。因此，马周希望唐太宗勇于改过——“以陛下之明，诚欲励精为政，不烦远采上古之术，但及贞观之初，则天下幸甚”。看到这样的章奏，唐太宗“称善久之”。后来唐太宗尝亲笔写飞白书以赐马周，曰：“鸾凤凌云，必资羽翼；股肱之寄，诚在忠良。”

马周见解宏通，超迈时流，论事析理，极为恳切委婉。马周少孤贫，饱读《诗》《书》，从家乡博州茌平（今属山东）徒步数千里，西入长安，以求仕进。在新丰旅店，因衣衫褴褛，不为店家所重。店家热情地招待穿着华丽的富商，而对枯坐餐桌的马周很长时间不理不睬，“周遂命酒一斗，独酌，所饮余者，便脱靴洗足”（《太平广记》卷二二四），店家大奇之。由此可见，马周乃一生性落拓，不拘小节，见识不凡之人。因其历经人间苦难，得识情伪，故而论事析理，能够切中肯綮。另一方面，马周为人，亦颇谨慎，贞观二十二年临终时，索取所撰“陈事表草一帙，手自焚之，慨然曰：‘管晏彰君之过，求身后名，吾弗为也。’”很是谨慎。因此，马周的文章传世者不多,《全唐文》仅收其文五篇。

马周的这种谨慎,也是他老于世故的表现。《旧唐书·魏征传》说,魏征晚年保留谏诤手稿,并付于史官褚遂良,“太宗知之,愈不悦”,认为魏征有意彰显君王之过失,自炫其智能,恩宠渐衰,魏征一家遂日渐衰微了。马周大概对此事记忆颇深,故而日益谨慎。因此,马周之文,基于落拓不拘小节,见识宏通,而能论事析理,切中肯綮;缘于谨慎,故而文章委婉雍容,听之靡靡,令人忘倦。此外,马周之文,用语自然平易,几乎不假雕饰,不用骈丽,其实是韩愈、柳宗元古文的先驱。

捕鸟捉蝉　唐　陕西乾县章怀太子墓

纵横驰骋，词直义畅

——陈子昂《谏灵驾入京书》

长安街市，繁华似锦，熙熙攘攘，游人如织。时东市有卖胡琴者，索价百万，游人环堵，而豪贵传观，莫能识之者。正当大家议论纷纷之时，一位约二十岁的青年，走上前去，说："此琴我买了，明天就可以交付百万货款。"但见此人虽然貌不出众，而双目炯炯，精神壮旺。大家皆惊问曰："为什么要买此琴？"此人回答说："我擅长演奏此种乐器。"有好事者大呼曰："能否给我们演奏一曲呢？"此人说："我居住在宣阳里，备有盛宴，明日专候各位光临。不但是你们诸位，还须邀请诸位的友人一块儿来，此乃我的荣幸。"第二天，集于宣阳里者有百余人，皆当时名重一时之人。盛宴招待之后，那位年轻人捧起胡琴，在众目睽睽之下，说："我乃蜀人陈子昂，有文章百篇，入京师长安已经数年，却碌碌尘土之间，不为人所知。大丈夫当关心社稷民生，建立不世功业，而演奏器乐，乃乐工贱役，我哪会将心思用于此呢！"遂将那价值百万的胡琴当众摔碎，而将自己的百篇文章，遍赠与宴者。宴会既散，一日之内，陈子昂便声华传遍长安。

蜀地

陈子昂（659—700年），字伯玉，梓州射洪（今属四川）人。家世豪富，仗义疏财，其父陈元敬当岁饥之时，散粟万石，赈济灾民。陈子昂少时学纵横之术，任侠使气，不肯用功读书，十八岁时偶入县学，为琅琅书声所吸引，为学术义理折服，遂闭门改过，苦节读书，经史百家之书，无不概览。陈子昂“窃少好三皇五帝霸王之经，历观丘坟，旁览代史，原其政理，察其兴亡”（陈子昂《谏政理书》），博览群书，志在积极用世，有所作为。精通文理，诗文兼善，二十岁以后入长安，所作《感遇诗》，京兆司功王适见而惊曰：“此子必为天下文宗矣！”声名日显。二十六岁时，游东都洛阳，考中进士。时唐高宗死于洛阳，“灵驾”（唐高宗灵柩）将还长安，陈子昂以“草莽臣”的身份上书朝廷，以为西行不便。这就是名动一时的《谏灵驾入京书》。

文章一开篇，气势充沛，蹈义不顾，勇往直前，而先声夺人：

梓州射洪县草莽臣陈子昂，谨顿首冒死献书阙下。臣闻明王不恶切直之言以纳忠，烈士不惮死亡之诛以极谏。故有非常之策者，必待非常之时；得非常之时者，必待非常之主。然后危言正色，抗义直辞，赴汤镬而不回，至诛夷而无悔，岂徒欲诡世夸俗，厌生乐死者哉！实以为杀身之害小，存国之利大，故审计定议，而甘心焉。况乎得非常之时，遇非常之主，言必获用，死亦何惊，千载之迹，将不朽于今日矣！

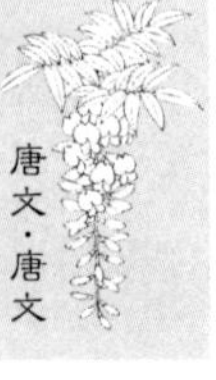

未言及事，而将自己许身为国，不谋私利的决心尽情展露出来，“危言正色，抗义直辞”，丝毫无惧色，无私心，且又颂扬生逢圣主明君，正是尽忠谋国之际，即使成仁取义，亦可以千古不朽。文章全然是纵横家的口吻，造成惊悚人心的强烈效果，词句的热情是极其奔放的，因其诚挚的心意、勃勃之生气，故能感动人激发人。文章由此才说及谏“灵驾”入京一事，颂扬武则天，“唐虞之际，于斯盛矣”，但又认为“灵驾”入京，“计非上策，智者失图。庙堂未闻骨鲠之谋，朝廷多见顺从之议”，因而自己才“不顾万死，乞献一言”。于是，文章则指陈时弊，恳切率直：

臣闻秦都咸阳之时，汉都长安之日，山河为固，天下服矣。然犹北取胡宛之利，南资巴蜀之饶。自渭入河，转关东之粟；逾沙绝漠，致山西之储。然后能削平天下，弹压诸侯，长辔利策，横制宇宙。今则不然。燕代迫匈奴之侵，巴陇婴吐蕃之患。西蜀疲老，千里赢粮；北国丁男，十五乘塞。岁月奔命，其弊不堪。秦之首尾，今为阙矣。即所余者，独三辅之间耳。顷遭荒馑，人被荐饥。自河已西，莫非赤地；循陇已北，罕逢青草。

莫不父兄转徙，妻子流离，委家丧业，膏原润莽，此朝廷之所备知也。

关中为四塞之国，需要转输四方之粟米、布帛，方可固守而横制天下。而今匈奴侵扰燕代，吐蕃窥伺巴陇，百姓服徭役，奔命不暇，而又遭受干旱荒馑，流离失所，民不聊生。显然是有着历史的经验和现实的根据，有事实，有理论，不仅仅言辞激切而已。当此艰难之际，如将“灵驾”入京，千乘万骑，供给无度；修筑陵墓，土木工匠，役使无数，如此则会加剧艰难：“今欲率疲敝之众，兴数万之兵，征发近畿，鞭扑羸老，凿山采石，驱以就功。但恐春作无时，秋成绝望，凋瘵遗噍，再罹饥苦。”如再有水旱之灾，甚至于引起动乱、反叛等难以逆料之事的发生。

至此，文章造势已极，遂以退为进，自占地步，认为天子以四海为家，率土之滨，莫非王境。舜南巡而死葬苍梧，禹东狩而死葬会稽，皆不返葬帝都——“岂其爱蛮夷之乡而鄙中国哉？实将欲示圣人无外也。”因此，取法先圣，高宗“灵驾”不必返葬关中。“陛下岂可不察之？愚臣窃为陛下惜也。”

因而，文章遂大力渲染河洛之山河形胜：“景山崇丽，秀冠群峰，南对嵩邙，西望汝海，居祝融之故地，连太昊之遗墟，帝王图迹，纵横左右，园陵之美，复何加焉……况瀍涧之中，天地交会，北有太行之险，南有宛叶之饶；东压江淮，食湖海之利；西驰崤渑，据关河之宝。”文章具有辞赋之铺张扬厉，又吸取骈丽文的使事用典，对偶谐畅，造成一种感人的气势，关键在于指出洛阳实乃风景佳丽，山河形胜之地，又交通便利，擅四方财富之美，确乎为风水宝地。为了更有说服力，文章还列举周平王东迁、汉光武帝建都洛阳，“山陵寝庙，不在东京；宗社坟茔，并居西土”，实乃审时度势的必然举措，足可为后世楷模。因而，劝谏武则天能够听从其意见，“愿陛下察之”！这篇文章，风骨凛然，气势充沛，如长江大河，滔滔不绝，又能一波三折，变化多端，显示出颇强的驾驭文字的能力。

陈子昂

陈子昂文章有司马相如、扬雄的风骨，据陈子昂的好友卢藏用《陈氏别传》记载，《谏灵驾入京书》上达朝廷之时，武则天“览其书而壮之，召见问状。子昂貌寝寡援，然言王霸大略、君臣之际，甚慷慨焉”，

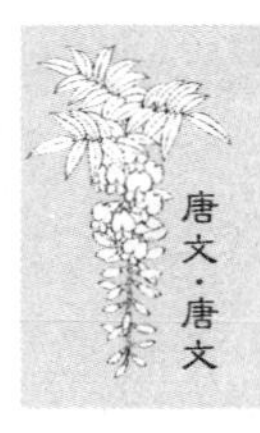

当时就拜为麟台正字，“时洛中传写其书，市肆闾巷，吟讽相属。乃至转相货鬻，飞驰远迩”。陈子昂获得了巨大的声誉。这篇文章以其宏大的气魄，关怀国家前途和百姓利益，显示出陈子昂具有言人所不敢言的政治胆识。

陈子昂的论事书疏类文章，如《谏用刑书》《谏政理书》《上军国机要事》《为乔补阙论突厥表》等，振笔直书，气势磅礴，疏朴近古，与六朝以来及初唐的靡丽柔弱的文风不同，表现出很大的变革特性，成为唐代古文运动的先行者。陈子昂在文学上提出了革新的主张，又能够以自己的创作实践树立新的风标，很为唐人所看重。卢藏用《陈伯玉文集序》赞扬陈子昂：“崛起江汉，虎视函夏，卓立千古，横制颓波，天下翕然，质文一变。”韩愈《荐士》诗说：“国朝盛文章，子昂始高蹈。”柳宗元《杨评事文集后序》谓：“著述比兴，秉笔之士恒偏胜独得，而罕有兼者焉。唐兴以来，称是选而不怍者，梓潼陈拾遗也。”就文章而言，唐人有唐文三变之说，而推许陈子昂为唐文新变的第一重要阶段，欧阳修与宋祁继承了这一观点，在《新唐书·陈子昂传》有曰：“唐兴，文章承徐(陵)、庾(信)余风，天下祖尚。子昂始变雅正。”可见其在文学史上的深远影响。

陈子昂始终并不以文士自居，他在《上薛令文章启》中说：“然则文章薄伎，固弃于高贤；刀笔小能，不容于先达，岂非大人君子以为道德之薄哉……文章小能，何足观者！”视文章为薄伎、刀笔小能，乃是与其经世济民、建立不世功业的远大理想抱负相比较。在武则天时代，酷吏横行不法，告密之风盛行，士人正直立朝，往往不得善终，陈子昂未能得其时而施展抱负，年仅四十四岁便抱恨而终。王夫之《读通鉴论》说：陈子昂在唐代，并不仅仅是一介文士，如果能够遭遇明主，施展其理想抱负，“驾马周而颉颃姚崇，以为大臣可矣”——将远远超越唐代的两位著名大臣马周、姚崇，发挥其卓越的政治才能。可以说，陈子昂并不甘心以文士自居，却最终以文士而流芳千古。正是有了这样远大的政治理想、经世济民的情怀，才使得陈子昂的文章具有了充实的现实内容和丰富的情韵，论事析理，深透恰切，气势充沛，纵横驰骋。可见，高远的理想，为民生之情怀，实在是文章的底蕴所在。

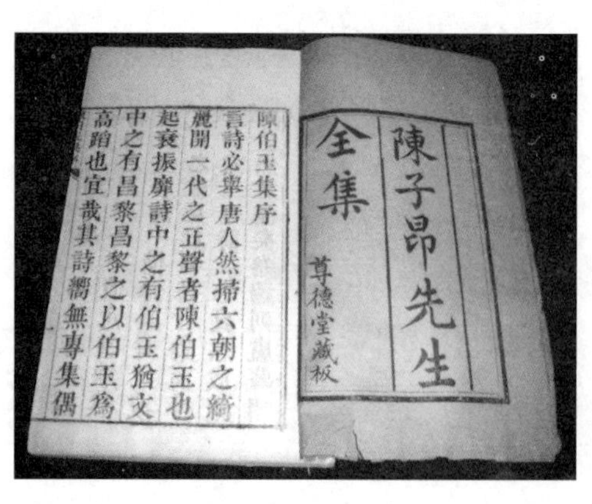
陳子昂先生全集
尊德堂藏板
陳伯玉集序
言詩必舉唐人然掃六朝之綺
麗開一代之正聲者陳伯玉也
起衰振靡詩中之有伯玉猶文
中之有昌黎昌黎之以伯玉爲
高蹈也宜哉其詩罔無專集偶

陈子昂文集

位卑才高，惊采绝艳

——王勃《秋日登洪府滕王阁饯别序》、骆宾王《代徐敬业传檄天下》

一

王勃(647—675年)，字子安，绛州龙门人，出生在一个特殊的家庭。绛州龙门王氏，世代簪缨，且诗书传家，八代皆有著作传世。其祖父王通，乃隋末大儒，号“文中子”；叔祖王绩乃著名诗人，与隋及唐初的政治、文坛的名人，多有交往。王勃六岁能属文，九岁，得大学者颜师古注《汉书》读之，写成《汉书指瑕》九卷。当时，右相刘祥道巡行关内，王勃作《上刘右相书》，慷慨陈辞，提出对时政的意见，显示出不凡的见识，同时也表现出积极的政治态度，希望能够得到刘祥道的赏识：“借如勃者，眇小之一书生耳。曾无击钟鼎食之荣，非有南邻北阁之援。山野悖其心迹，烟雾养其神爽。未尝降身摧气，逡巡于列相之门；窃誉干时，匍匐于群公之室。所以慷慨于君侯者，有气存乎心耳。实以四海兄弟，齐远契于萧韩；千载风云，讬神知于管鲍。”因刘祥道的推荐，王勃年未及冠，应幽素科及第。

沛王李贤闻其名，召为王府修撰。当时宫中流行斗鸡游戏，一次，沛王和英王斗鸡，年少的王勃为了助兴，当场即兴写了一篇《檄英王鸡文》，讨伐英王的斗鸡，以为笑乐。此事被唐高宗知道了，以为这是“破坏兄弟关系的开始”，因而把王勃赶出沛王府。年少才高的王勃，刚入仕途，就遭受这样沉重的打击，飘泊流离，孤愤难平：“天地不仁，造化无力，授仆以幽忧孤愤之性，禀仆以耿介不平之气。顿忘山

贞观政要

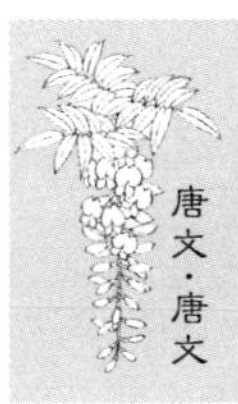

岳，坎坷于唐尧之朝；傲想烟霞，憔悴于圣明之代。”（《夏日诸公见寻访诗序》）确然，在太平盛世而遭坎坷，众人皆有施展才能的机会，而自己却只能辗转流离，眼巴巴地看着他人建功立业、春风得意，其热望与急切是不难感知的，因而王勃便牢骚满腹，随事发泄，随时流露。王勃看到山涧的高大笔直的苍松翠柏，皆匍匐在山顶的灌木之下，而灌木丛处于山巅，常常多得阳光照耀，似乎比山涧的苍松翠柏都神气，正如西晋诗人左思所说：“郁郁涧底松，离离山上苗。以彼径寸茎，荫此百尺条。世胄蹑高位，英俊沉下僚。地势使之然，由来非一朝。”（《咏史》）王勃的感触很深，作《涧底寒松赋》，说：“徒志远而心屈，遂才高而位下。斯生物而有焉，余何为而悲者！”由物及人，痛切于心的酸楚，使年轻的才子倍感人生的无奈和艰辛，但也流露出恃才傲物的悲愤。

传说，王勃十三、四岁之时，在江南游学，一日，独自一人游至江湾风景奇丽之处，见到一老叟仙风道骨，很是惊异，王勃就深深作了一揖。老叟说：“你就是王勃吧！”王勃大为惊异，说：“我与老丈既不是亲朋又非旧友，怎么会知道我的名字呢？”老叟说：“我知道你是当今少年才子，诗文写得很好。”王勃知道老叟乃非凡人，再拜问曰：“仙也？神也？请开启我之未悟。”老叟说他是江水之神，明天是重阳节（九月九日），滕王阁上大宴宾朋，要请人写一篇《滕王阁记》，你有清妙之文才，可以去写这篇文章，将会流芳百世。王勃很是诧异：“文章当然可以写的，只是南昌距此地千里迢迢，一夜之间，怎能到达呢？”老叟说：“你乘船，我助你一夜清风。”于是，王勃乘于一叶小舟之上。刚一上船，清风便徐徐吹来，风帆饱满，越行越快，一会儿，便如飞一般行驶于江面之上，而船体不摇不晃，很是平稳。

第二天清晨，小船便缓缓行驶于南昌城外的江面上。巍峨的滕王阁矗立在赣江之东岸，张灯结彩，仙乐飘飘，一派热闹景象。王勃舍舟登上滕王阁，楼上高朋满座，胜友如云。这阁楼是滕王李元婴所建，因而称为滕王阁，面临赣江。李元婴是唐高祖李渊的儿子，贞观十三年（639年）受封为滕王，后任洪州都督，而洪州都督府的治所在钟陵，即今江西南昌市。继任的洪州都督阎公，新修了滕王阁，招集名贤，大宴宾朋，为了让其女婿南昌才子孟学士出名，命其先准备了一篇《滕王阁记》的初稿，想在盛宴上，请其当场撰写，以邀声誉。阎公命小吏以纸笔遍让宾客，请大家撰写宏文，以记一时盛况，而大家却一一辞谢，不敢当场撰写。阎公颇为得意——女婿孟学士之声名大振，当在今日矣。孰料，当小吏将纸笔送到一位少年面前时，此少年却展纸捉笔，当场撰写。都督阎公很是不悦：“吾新帝子之旧阁，乃洪都之绝景，悉集英俊，俾为记以垂万古，何小子辄当之！”乃拂袖而去，专令人伺其下笔，及时报告。

王勃饱蘸浓墨，写了第一句：“南昌故郡，洪都新府。”阎都督听到小吏之报告，曰：“亦是老生常谈。”当听到第二句：“星分翼轸，地接衡庐。”阎公则沉吟不语，面露喜色。王勃才思泉涌，文不加点：“襟三江而带五湖，控蛮荆而引瓯越。物华天宝，龙光射牛斗之墟；人杰地灵，徐孺下陈蕃之榻。雄州雾列，俊采星驰。台隍枕夷夏之交，宾主尽东南之美。都督阎公之雅望，棨戟遥临；宇文新州之懿范，襜帷暂驻。十旬休暇，胜友如云；千里逢迎，高朋满座。腾蛟起凤，孟学士之词宗；紫电青霜，王将军之武库。”王勃文章开篇气势甚是宏大，写洪州的地理方位，四通八达，乃三江五湖交汇之所，又是控引荆楚及吴越之重镇，而物产丰富，人杰地灵，人才济济，文才武将，无所不备。滕王阁上相聚，群贤毕至，少长咸集，而自己能够参加这一盛会，倍感荣幸。当阎都督听到“落霞与孤鹜齐飞，秋水共长天一色”之时，矍然而起，感喟不已：“此真天才，当垂不朽矣！”遂欣然回到宴会堂上，宾主极欢而罢。

文章描写滕王阁的壮丽和登阁眺望中的三秋景色，意境开阔，色彩鲜丽，所谓“潦水尽而寒潭清，烟光凝而暮山紫”，水流萦绕，鹤凫飞舞，依山而建的宫殿，随山势起伏变化，极其壮美。登临滕王阁，凭栏远眺，视野极其开阔，令人惊心动魄：

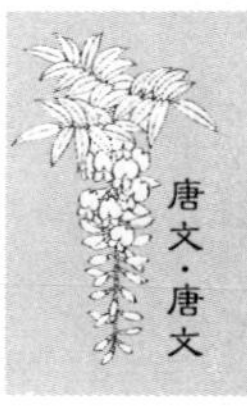

> 山原旷其盈视，川泽纡其骇瞩。闾阎扑地，钟鸣鼎食之家；舸舰迷津，青雀黄龙之轴。云销雨霁，彩彻区明。落霞与孤鹜齐飞，秋水共长天一色。渔舟唱晚，响穷彭蠡之滨；雁阵惊寒，声断衡阳之浦。

滕王阁下，万千人家，繁荣安康，渡口之上，舟船纵横，一派兴盛。彩虹消散，雨过天晴，日光通彻，天宇明朗。“落霞与孤鹜齐飞，秋水共长天一色”，虽化用庾信《华林园马谢赋》之“落花与芝盖同飞，杨柳共春旗一色”，而境界更阔大、灵动，在水天一色的阔大境界中，远飞的孤鹜背负着晚霞的色彩，渐飞渐远，颇有诗意。而渔歌嘹亮，唱答呼应，雁阵惊寒，掠过长空，将滕王阁周围的景象推向极远……在这一盛宴的相聚中，王勃不禁兴起了宇宙无限、人生短暂而功业无成的身世之感：

> 天高地迥，觉宇宙之无穷；兴尽悲来，识盈虚之有数。望长安于日

> 下，目吴会于云间。地势极而南溟深，天柱高而北辰远。关山难越，谁悲失路之人？萍水相逢，尽是他乡之客。怀帝阍而不见，奉宣室以何年？

感慨于时运不齐，命途多舛，在圣明的时代，不能有所作为，而埋没终生，实乃人生之一大憾恨。然而，这种伤感只是在王勃的心头闪过，沐浴着圣明时代光辉的年轻诗人很快摆脱了烦恼：

> 老当益壮，宁移白首之心；穷且益坚，不坠青云之志。酌贪泉而觉爽，处涸辙而相欢。北海虽赊，扶摇可接；东隅已逝，桑榆非晚。孟尝高洁，空余报国之情；阮籍猖狂，岂效穷途之哭？勃，三尺微命，一介书生。无路请缨，等终军之弱冠；有怀投笔，慕宗悫之长风。

王勃坚信，禀持自己的理想与情操，一定会像少年的宗悫那样“驾长风破万里浪”，实现自己报国济世安民的伟大抱负。其昂扬意气，高洁情调，积极乐观向上的精神，无不鼓励着历代的读者。文章辞采华美，通篇对仗齐整，一般都是四字句和六字句，而且声律配置严格，讲究字的平仄关系，读来声调十分和谐，而气势奔放流畅，语言平易自然，用典贴切而不冷僻。在对仗上，不但上下两句对仗工整，而且还有许多当句对，即一句之中自成对偶。如“襟三江”对“带五湖”，“控荆蛮”对“引瓯越”，“腾蛟”对“起凤”，“紫电”对“青霜”，“落霞”对“孤鹜”，“秋水”对“长天”，“天高”对“地迥”，“兴尽”对“悲来”等，比比皆是。就声律而言，如一联之内，上联之后一语若是平声结尾，则下联之前一语亦以平声结尾，上联之后一语若是仄声结尾，下联之前一语亦为仄声结尾。例如，“龙光射牛斗之墟”之“墟”是平声，下联前一语“人杰地灵”之“灵”也是平声；上联后一语“非无圣主”的“主”是仄声，下联前一语“窜梁鸿于海曲”之“曲”亦是仄声。前后两联而言，也是这样，前一联之末一语与后一联之首语，结尾字平仄

滕王阁

相同，例如，前一联之后语“俊采星驰”和后一联“台隍枕夷夏之交”，“驰”与“交”皆是平声；前一联之后语“襜帷暂驻”和后一联“十旬休暇”，“驻”与“暇”皆为仄声。这样，就使得文章声韵流畅，铿锵有力。这种对仗和声律，表现出骈文向通俗化和格律化的方向发展。骈文的通俗化和格律化，正标志着四六文的成熟。当然，这篇文章，有时为了四六字对仗而不惜减省字句，如“杨意不逢，抚凌云而自惜；钟期相遇，奏流水以何惭”，将杨得意、钟子期两人名，省改而凑成“杨意不逢”“钟期相遇”了。在宴会上，王勃还写了一首《滕王阁》诗：

滕王高阁临江渚，佩玉鸣鸾罢歌舞。画栋朝飞南浦云，朱帘暮卷西山雨。闲云潭影日悠悠，物换星移几度秋。阁中帝子今何在？槛外长江空自流。

诗辞意俱佳，且声韵和畅，言外隐约有一种物是人非、人生苦短的悲哀。王勃的《滕王阁序》是一篇很有名的骈文。韩愈写有一篇《新修滕王阁记》说：“愈少时则闻江南临观之美，而滕王阁独为第一，有瑰伟绝特之称；及得三王所为序赋记等，壮其文辞。”又说：“愈既以未得造观为叹，窃喜载名其上，词列三王之次，有荣耀焉；乃不辞而承公命。其江山之好，登望之乐，虽老矣，如获从公游，尚能为公赋之。”可见，古文运动的领袖韩愈很是喜爱王勃的这篇《滕王阁序》。（三王所为序、赋、记，指王勃序、王绪的赋、王仲舒的记。）

其实，王勃作这篇文章，并非传说中的十三四岁。王勃于唐高宗上元二年（675 年），往交趾（今越南北部）省父，途经南昌，登滕王阁参加盛宴而作此文。随后即赴交趾，不幸于北部湾渡海时，落水受惊悸而死，年仅二十九岁。这篇文章的篇名，《四部丛刊》之《王子安集》题作《滕王阁序》，而其他版本多作《秋日登洪府滕王阁饯别序》。

二

青年诗人宋之问游学江南，居于杭州灵隐寺。一夜，明月当空，清风吹拂，舒爽宜人，而四野寂然，隐隐听闻钱塘江的涛声。宋之问诗兴大发，缓步吟哦：“鹫岭郁岧峣，龙宫隐寂寥。”而第二联应该出以奇警，冥搜苦思，却始终不如意。宋之问沉浸于苦思冥想，踱步于长廊，吟哦不已，不禁轻声叹息。一须眉皆白的老僧问曰:“少年夜夕久不寐,而吟讽甚苦,何邪?”宋之问说:“弟子作诗,看到这明月下壮观的灵隐寺,想写一首诗,刚写出第一联,而第二联却始终写不恰切。”老僧说:“何不云‘楼观沧海日,门听浙江潮’?”宋之问愕然,深深叹服其诗语遒丽。受其启发,宋之问续成全诗:“桂子月中落,天香云外飘。扪萝登塔远,刳木取泉遥。霜薄花更发,冰轻叶未凋。待人天台路,看余度石桥。”而老僧所赠诗句“楼观沧海日,门听浙江潮”,乃一篇之警策,使全诗生辉。第二天清晨,宋之问寻访老僧,而老僧已经不在寺里了。一位知道内情的僧人说,老僧乃初唐四杰之一的骆宾王,追随徐敬业讨伐武则天失败后,变更姓名,出家为僧,年老后归隐于灵隐寺。昨夜,无意间流露出了行迹,为避祸难,老僧已经离开灵隐寺了。

骆宾王名列初唐四杰,而声名大显于世,乃因一篇讨伐武则天的《代李敬业传檄天下文》。据说,当初武则天看到的这篇檄文,痛骂武则天“人非温顺,地实寒微”,“入门见嫉,蛾眉不肯让人;掩袖工谗,狐媚偏能惑主”,只是微笑而已。当读到“一抔之土未干,六尺之孤安在”时,很不高兴,说:“宰相失职,怎么能够失去了这样的人才!”被讨伐者读到讨伐檄文,非但不生气,反而可惜文章作者没有被招录到朝廷,感叹失却了人才,可见这篇文章的影响力。

武则天是个很有才能的政治家,很聪明,又能够多读书,懂得治理国家的方略。但武则天在从才人升为皇后时,采用了很残忍的手段,杀害王皇后等人,终于登上皇后的宝座。在唐高宗时代,武则天就以天后的身份参与政治,而高宗晚年身多疾病,百司奏表,皆委托武则天处理,辅佐国政数十年。《资治通鉴》卷二〇一说:“上(高宗)每视事,则后垂帘于后,政无大小,皆与闻之,天下大权,悉归中宫。黜陟杀生,决于其口,天子拱手而已,中外谓之二圣。”高宗驾崩之后,武则天废除儿子中宗皇帝,自登皇帝大宝之位,实行“大周革命”,改国号为周。为了稳固其统治地位,武则天一方面大力培植自己的势力,分封武氏诸人,任用亲信,提拔大批中下层的士人、官吏,甚至于一日任命官员八百多人,当时的谚语说:“补阙连车载,拾遗平斗量,杷推侍御史,椀脱校书郎。”另一方面,严厉打击李唐王朝的核心力量,贬谪、杀害了大批的李唐宗室和忠于李唐皇权的官吏,而且大兴告密之风,任用酷吏,剪除异己,以严刑峻法推行其强权统治,从而引起了统治阶层内部极其尖锐的矛盾冲突。光宅元年(684 年),唐开国功臣李勣(本姓徐,因战功卓著,赐姓李)的长孙李敬业在扬州起兵,以匡复李唐政权为旗帜,反对武则天称帝、改国号为大周,号召天下讨伐武则天。骆宾王参加了李敬业义兵,任艺文令,主管军中号令,参与军谋。同年九月,骆宾王代李敬业写了这篇檄

文，告知天下。

檄文，是军事行动中宣告敌方罪行的文章，其源颇早，然而至战国时始用“檄”的名称。檄文因是明白宣告敌方的罪行，因此要清楚明白，刚健有力。在写作中，既要审度天时地理人和，也要指出彼此的得道失道、强弱胜算，虽以事实为本，但也参以兵家权谋诡诈，须有必要的夸张，以张大其声势，而具有号召力。因此，刘勰《文心雕龙》说檄文的基本特点，乃：

> 凡檄之大体，或述此休明，或叙彼苛虐；指天时，审人事，算强弱，角权势，标蓍龟于前验，悬鞶鉴于已然。虽本国信，实参兵诈。谲诡以驰旨，炜晔以腾说，凡此众条，莫之或违者也。故其植义扬辞，务在刚健。插羽以示迅，不可使辞缓；露板以宣众，不可使义隐。必事昭而理辨，气胜而辞断，此其要也。

骆宾王的这篇檄文，虽有人身攻击和事实不符之处，但情感激昂，文气激荡，痛快淋漓，词彩富赡，颇有感染力，具备檄文的基本特点。骆宾王在“拥唐讨武”的立场上，文章开篇就揭露武则天出身不正：“伪临朝武氏者，人非温顺，地实寒微。昔充太宗下陈，尝以更衣入侍。洎乎晚节，秽乱春宫。”揭露武则天的隐私，早年以才人身份入太宗后宫，后来又与身为太子的高宗李治相好，批判武则天嫉妒之心很重——“入门见嫉，蛾眉不肯让人；掩袖工谗，狐媚偏能惑主”，而且生性残忍——“虺蜴为心，豺狼成性；近狎邪僻，残害忠良；杀姊屠兄，弑君鸩母”，个人品性，极为不堪，人神共怒——“人神之所共疾，天地之所不容”，而又谋权篡位，致使高宗的皇子被幽囚，而诸武氏则被委以重任——“君之爱子，幽之于别宫；贼之宗盟，委之以重任”。历数武则天的种种罪恶，可谓入木三分。在此情况下，深深地感叹朝廷无人，而使李唐皇权旁落、衰微，所谓“燕啄皇孙，知汉祚之将尽；龙漦帝后，识夏庭之遽衰”。

在渲染、造势已足之后，分析己方之正义性，乃替天行道，顺应民心，因而师出有名，且以张大自己的声势：“敬业皇唐旧臣，公侯冢子。奉先帝之遗训，荷本朝之厚恩。”“是用气愤风云，志安社稷。因天下之失望，顺宇内之推心，爰举义旗，誓清妖孽。”文章遂铺陈义军之军威之雄壮——“南连百越，北尽三河，铁骑成群，玉轴相接”，支持者遍布南北，兵精粮足，气势振撼河岳，马声嘶鸣如北风怒号，剑光冲天使南斗失色，“喑呜则山岳崩颓，叱咤则风云变色”，实乃一支战无不胜的军队——“以此制敌,何敌不摧,以此攻城,何城不克!”

威慑之余,又能够对于武则天治下的李唐王朝旧臣,晓之以理,喻之以义,以李唐王朝昔日的恩宠、友情、信任来感化、号召,娓娓道来:“公等或家传汉爵,或地协周亲;或膺重寄于爪牙,或受顾命于宣室。言犹在耳,忠岂忘心?”至此,理直气壮,大声呵问曾受唐高宗恩德的朝廷之士:“一抔之土未干,六尺之孤安在!”——旧主唐高宗刚刚安葬,坟头之土尚未干(从高宗下葬到李敬业起兵,中间仅隔四十八天),而受高宗遗诏继承皇位的爱子——中宗皇帝李显,却被囚禁了,那么,受遗诏而辅佐中宗的顾命大臣却觍颜事“逆”(武则天),他们能称尽其所能、尽忠报国了吗?能不惭愧吗?这句话的份量很重,既引起对旧主唐高宗的怀念、对继位中宗李显的期盼,也激发出世受皇恩之顾命大臣的责任感来。难怪武则天看到这样的句子,而惊悚,而感叹宰相未能招纳贤才了。文章在指责之后,又给效力于武则天的李唐旧臣指明出路,要他们转祸为福,“共立勤王之勋,无废旧君之命”,共同匡复李唐皇权,共享富贵;如果坐失先机,徘徊不前,犹豫不决,“必贻后至之诛”——兵临城下,绝不宽待。檄文最后斩钉截铁地断言:“请看今日之域中,竟是谁家之天下!”义正辞严,胜利在握,极富煽动性和号召力。

骆宾王的檄文写得很好,震动于一时,可惜,战争是要靠实力的,李敬业很快兵败身死,而骆宾王混迹于乱兵中,不知所终,据说,骆宾王削发为僧,最后归隐了。李敬业的失败,一方面是经济、军事实力不如武则天的朝廷,另一方面,武则天登皇帝位,虽然杀戮李唐宗室、功臣,但她广泛擢用贤才,使得中下层社会士人有了出仕的机会,激发了他们参与政治的热情,获得了他们普遍的热情支持,而且在武则天的统治下,社会安宁富足,欣欣向荣,国力强盛,是贞观之治走向开元盛世的关键一环节。

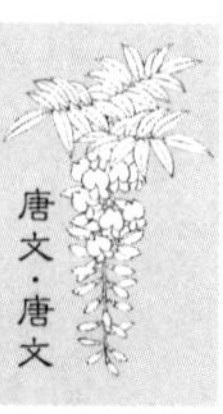

此文一作《讨武曌檄》,应该是后人所拟的题目。武则天自名为“曌”,是在载初元年(689年),而李敬业起兵,是在武则天称帝的光宅元年(684年),故而不得称“武曌”。而且,当时传檄天下,声讨武则天,题目应该是“传檄天下文”,“代李敬业”亦当为后人所拟加。

骆宾王是婺州义乌(今属浙江)人,少年时就显露杰出才华,七岁时有《咏鹅》诗:“鹅,鹅,鹅,曲项向天歌。白毛浮绿水,红掌拨清波。”有“神童”之誉。骆宾王抱负很大,意气很盛,有一种豪迈俊爽的精神。在《自叙状》中,说自己有操守,“临大节而不可夺,处至公而不可干”,耿介自守,绝不“靦容冒进,贪禄要君,上以紊国家之大猷,下以渎狷介之高节”。坚守自己的信念与节操,《上吏部裴侍郎书》说:“宾王一艺罕称,十年不调,进寡金张之援,退无毛薛之游,亦何尝献策干时,高谈王霸,衒才扬己,历抵公卿?”耿介自守,即使处于困顿,也不曲学阿世、俯仰随人。

骆宾王一生多灾多难,曾从军至西域,游宦巴蜀。仪凤三年(678年)秋,骆宾王为侍御史,屡次上书言天下大计,武则天大怒,诬以法,将其逮系狱中。骆宾王忠而被谤,深感人生之无常,作《在狱咏蝉》诗,谓蝉吸风饮露,何其高洁,“洁其身也,禀达人君子之高行;蜕其皮也,有仙都羽化之灵姿。候时而来,顺阴阳之数;应节为变,审藏用之机”。如此神物,“吟乔树之微风,韵资天纵;饮高秋之坠露,清畏人知”。骆宾王囚禁狱中,在寂寞中感思人生,蝉之高洁清雅打动了诗人,而秋风中蝉之衰微的鸣叫声,有何人关注呢?骆宾王滋生了与秋蝉同命运的况味,欲借咏蝉以表达这样的人生感受——“情沿物应,哀弱羽之飘零;道寄人知,悯余声之寂寞”。在这种感伤情绪中,骆宾王以低沉的声调吟诵着:

> 西陆蝉声唱,南冠客思侵。那堪玄鬓影,来对白头吟。露重飞难进,风多响易沈。无人信高洁,谁为表予心?

秋蝉岁月无多,而自己囚禁狱中,生死未卜。在寂寞清冷中,蝉与人相对,而秋露湿润,蝉翼滞重,无法奋飞,而蝉鸣又沉没于劲吹的秋风中。骆宾王深刻地体味到了人生的无奈与寂寞,抒发其忠而被谤的悲愤心情。

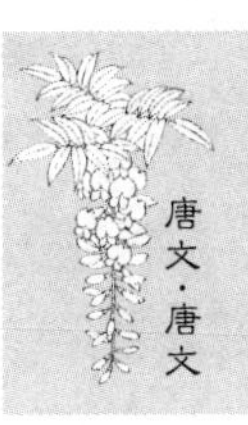

在狱中,夜晚一派黑暗,小小的萤火虫发出微弱的光亮,虽微不足道,却能给人以温暖,骆宾王颇有感慨,写了一篇《萤火赋》,尤为凄怆:

> 余猥以明时,久遭幽縶,见一叶之已落,知四运之将终。凄然客之为心乎,悲哉秋之为气也。光阴无几,时事如何?大块是劳生之机,小智非周身之务。

其孤愤、抑郁不平之气,实乃不可掩抑,骆宾王深于情,对人生的体认更深刻了。大概在调露二年(680年),骆宾王除临海(今浙江天台县)丞,因公务到齐州(今山东),距离其少小时生活过的博昌(今山东博兴县)很近。骆宾王的父亲曾为博昌县令,颇有政声,死后亦葬于博昌,骆宾王对博昌很有感情,视之为第二故乡。博昌父老对前任县令很怀念,邀请骆宾王回博昌,却未能如愿,因而他怀着十分怅恨的心情，作有《与博昌父老书》。文章先表达了离别的感慨：“云雨俄别，风壤异乡。春渚青山，载劳延想；秋天白露，几变光阴。古人云，别易会难，不其然也！”而自己一别博昌十五年，当年交游者大半都不在人世了，很是感慨于人生的无常：

> 故吏门人，多游蒿里；耆年宿德，但见松丘。呜呼！泉壤殊途，幽明永隔。人理危促，天道奚言？感今怀旧，不觉涕之无从也。况过隙不留，藏舟难固。追惟逝者，浮生几何？哀缘物兴，事因情感。

即使能够达观，知道人生就要经受劳苦，知道人生要遂顺自然，但是谁又能够忘却人生的喜怒哀乐之情呢？而博昌旧友亲朋丧逝，诚然令人无限伤感啊！而博昌县治迁往乐安故城，旧县城废弃了，荒草滋长，坟墓纵横——“荒径三秋，蔓草滋于旧馆；颓墉四望，拱木多于故人”，由此而兴无限感慨：“嗟乎！仙鹤来归，辽东之城郭犹是；灵乌代谢，汉南之陵谷已非。”感慨自己如同仙人历经千年，化鹤归来，而城郭依旧，居民已非；春秋代谢，时光流逝，高岸为谷、深谷为陵的巨大变化，时移景迁，早已非复昔日了。博昌父老对远方的游子一腔深情，而骆宾王已与博昌近在咫尺，却不能重返故乡、探寻旧友亲朋，其痛苦心情何以忍受呢！所谓：“风月虚心，形留神往；山川在目，室迩人遐。以此劳怀，增其叹息，情不遗旧，书何尽言。”情感真挚，细腻委婉，曲尽人情。因为深于情，骆宾王在《为李敬业传檄天下文》中，方能以激昂的情感、深刻的人生体味，驱驾文字，纵横驰骋，创造出震动天下的雄文。

骆宾王长于七言歌行，尤工骈文，汲取了六朝骈文的艺术成就，而词采富赡，清新俊逸，在说理、叙事、抒情方面都达到了很高的成就。《代李敬业传檄天下文》与王勃的《秋日登洪府滕王阁饯别序》，是唐代骈文的两颗璀璨的明珠。

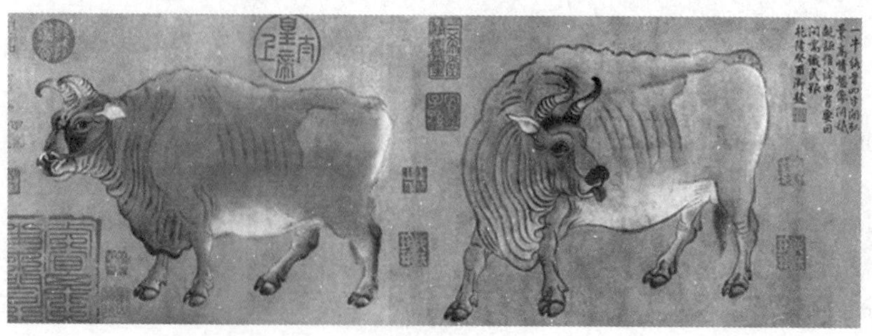

五牛图(部分)

讽世讥俗，避世苟全

——王绩《醉乡记》与《自撰墓志铭》

王绩

大历十四年（779年），唐德宗继承皇帝位，第二年(780年)改元建中，德宗励精图治，有意恢复贞观、开元盛世之成就，广开言路，招纳贤才。而秀才王含却因直言极谏被贬斥，遂引起了当时文坛翘楚、爱惜人才的韩愈的同情，遂写有一篇《送王秀才序》。王含乃绛州龙门(今山西永济)人，是唐初著名隐士、诗人王绩的子孙。王绩很喜欢饮酒，写有一篇《醉乡记》，很为时人称赏，韩愈自然也是十分熟悉这篇名文了。韩愈说：

> 吾少时读《醉乡记》，私怪隐居者无所累于世而犹有是言，岂诚旨于味邪？及读阮籍、陶潜诗，乃知彼虽偃蹇不欲与世接，然犹未能平其心，或为事物是非相感发，于是有托而逃焉者也。

韩愈少年时读王绩《醉乡记》，虽颇喜欢，却不容易理解。作为隐士，王绩和阮籍、陶潜应该是同类人，他们都经历坎坷，不为世用，内心抑郁不平，有所感愤，而借助隐居以避世，如何能够借饮酒来避世隐居呢？“吾又以为悲醉乡之徒不遇也！”——饮酒而逃避于醉乡，实在是他们不能为世所用的悲哀啊！孰料，百余年后，王绩之孙子王含又因为正直而被贬斥，“吾既悲醉乡之文辞，而又嘉良臣之烈，思识其子孙”，而王含“文与行不失其世守，浑然端且厚”——继承其先祖的品性与文才，浑然端厚，面对如此贤良，韩愈深为这个不能守道直行的时代

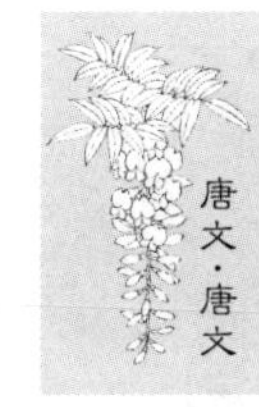

而悲哀,"于其行,姑与之饮酒",还是逃于醉乡以求避世隐居,以求得心灵的安宁!经历了现实的无情打击和痛苦悲愤,韩愈对于醉乡,由不理解到理解,其间所映射的社会生活,真让人感慨万千。

王绩,字无功,生活于隋唐之际。十五岁时,游学长安,拜谒权倾朝野的越国公杨素。于时,宾客满座,而杨素颇倨傲,王绩说:我听说周公接纳贤士,一饭三吐哺,一沐三握发,唯恐怠慢了天下贤士,"明公若欲保崇荣贵,不宜倨见天下之士"。杨素很是惊奇,因与之谈论文章,兼及时事政务,王绩"瞻对闲雅,辩论精析,一座愕然",被目为"神仙童子"。在隋朝任官,当天下大乱之时,弃官隐居。唐高宗武德初年,征诏前朝官员,王绩到门下省待诏。有人问王绩说:"你在隋朝已经辞官归隐,为何又要出仕呢?"王绩说:"门下省每日供应三升美酒,故特来待诏。"老朋友江国公陈叔达听说后,遂将酒俸增至一斗,当时称其为"斗酒学士"。王绩颇豪饮,至数斗不醉,人有以酒相邀者,无贵贱,必前往,饮则必尽兴,常常感叹:恨不逢竹林名士刘伶,与其闭户豪饮,而有英雄寂寞之感。因作《醉乡记》,以追配刘伶《酒德颂》。其文曰:

> 醉之乡去中国不知其几千里也。其土旷然无涯,无丘陵阪险;其气和平一揆,无晦明寒暑;其俗大同,无邑居聚落;其人甚精,无爱憎喜怒,吸风饮露,不食五谷,其寝于于,其行徐徐,与鱼鳖鸟兽杂处,不知有舟车械器之用。

显然,醉乡乃一民风淳朴、生活安宁富足的社会,不但土地平坦,气候佳宜,而且风俗淳朴,人无爱憎喜怒,一派祥和,与鸟兽鱼鳖相处,而怡然自得。王绩所

东皋子

写醉乡之情状，颇为真切，大抵真是醉酒中飘乎迷离的感受，如临其境，而身心俱化。据说，黄帝曾经到过醉乡之都城，“归而杳然丧其天下，以为结绳之政已薄矣”；而尧舜借助于姑射神人献千钟百榼之酒，才到达醉乡之边境，竟然“终身太平”；夏禹、商汤立法，礼乐繁杂，数十代遂与醉乡隔绝，而天下遂不安宁；夏禹、商汤之末孙夏桀、殷纣王“怒而升糟丘，阶级千仞，南向而望，卒不见醉乡”——无励精图治、经世济民之心，而沉溺于酒，最终却无缘于醉乡。只有周武王爱民，解民于倒悬，得志于世，政治和平，风俗淳朴，天下安宁，“拓土七千里，仅与醉乡达焉，故四十年刑措不用”，而下至周幽王、厉王以至秦汉，“中国丧乱，遂与醉乡绝”，只有那些贤人，如阮籍、陶渊明等十数人，到过醉乡，“中国以为酒仙”。“嗟乎！醉乡氏之俗，岂古华胥氏之国乎，何其淳寂也如是？予得游焉，故为之记。”显然，醉乡乃王绩理想中的太平盛世，人民安居乐业，生活富足，没有争斗，一派祥和。

这一理想的羲皇盛世——醉乡，引起了后人无尽的向往。白居易作有《醉吟先生传》，效法刘伶、王绩，吟诗自得，饮酒自乐：“兀然而醉，既而醉复醒，醒复吟，吟复饮，饮复醉。醉吟相仍，若循环然。繇是得以梦身世，云富贵，幕席天地，瞬息百年，陶陶然，昏昏然，不知老之将至，古所谓得全于酒者，故自号为醉吟先生。”有人生如梦、富贵如浮云的感受。苏轼虽自己不善饮酒，但喜欢酒，尤其喜欢以美酒待客：

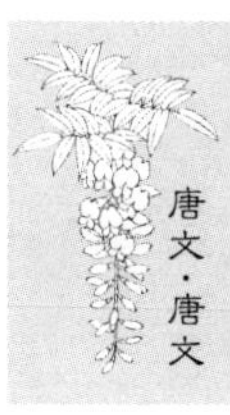

> 予饮酒终日，不过五合，天下之不能饮，无在予下者，然喜人饮酒。见客举杯徐引，则予胸中为之浩浩焉、落落焉，酣适之味，乃过于客。闲居未尝一日无客，客至未尝不置酒，天下之好饮，亦无在予上者。（《书东皋子传后》）

倾心于王绩的“醉乡”，而对酒有了特殊的感受。因喜饮酒，王绩又有《五斗先生传》，从题目看，显然是模仿陶渊明《五柳先生传》，而内容与思想却与《醉乡记》一脉相承。其文曰：

> 有五斗先生者，以酒德游于人间，有以酒请者，无贵贱，皆往，往必醉，醉则不择地斯寝矣。醒则复起饮也，常一饮五斗，因以为号焉。先生绝思虑，寡言语，不知天下之有仁义厚薄也。忽焉而去，倏焉而来，其动

也天，其静也地，故万物不能萦心焉。尝言曰：天下大抵可见矣。生何足养，而嵇康著论；途何为穷，而阮籍恸哭。故昏昏默默，圣人之所居也，遂行其志，不知所如。

写其沉湎于饮酒之情状，所谓“不知天下之有仁义厚薄”，实乃批判社会风习之假仁义以劳民伤生，而五斗先生顺应自然，无为而治，故能得其天性。

王绩之所以写醉乡，并非遗落世事，实际上对世事颇为关心。其实，王绩是有心积极用世的。王绩聪颖早慧，家族显赫，八代皆有著作传世，乃绛州龙门世家，其兄王通，号“文中子”，儒学盛于一时，皆激发其积极有为。不幸的是，王绩初入仕途，才高而位下，又经逢隋末大乱，苟全性命于乱世，不得已遂隐居避世。唐朝建立之后，王通的门人，如薛收、杜淹、温彦博等，皆是唐朝开国重臣，却未能积极发扬文中子之道，对王氏家族及其后人亦少关照、提掖，因而王绩对这些人是有意见的。王绩《游北山赋》自注说：王通“续孔氏六经近百余卷，门人弟子相趋成市，故溪今号王孔子之溪也。”“吾兄仲淹（王通）以大业十三年卒于乡，余时年三十三。门人谥为文中子。皇帝受命，门人多至公辅，而文中子之道不行于时。余因游此溪，周览故迹，盖伤高贤之不遇也。”其不遇的感慨颇强，故而易于滋生愤世之言，《醉乡记》《五斗先生传》《无心子传》既是写个人的感慨，也是抒发对社会的不平及自己不能有所作为的现实。

另一方面，王绩那种英雄豪杰的激昂情怀、期望有所作为的壮心，却是始终无法掩抑的。如《荆轲刺秦王赞》《项羽死乌江赞》《蔺相如夺秦王璧赞》《陈平分社肉赞》等，壮怀激烈，颇有英雄意气，建功立业的志向颇为远大。不过，王绩的思想虽兼有儒、释、道三家，但以受道家思想影响为最深，恬退闲适和玩世不恭的思想倾向比较强烈，经受坎坷与打击，易于滋生消极避世的情愫，而缺乏勇往直前的心性、自强不息的能力。如，贞观中，王绩隐居河汾，刺史杜之松邀请王绩到绛州刺史署讲丧礼，而王绩不愿赴讲，遂作有《答杜之松刺史书》，阐述其退隐思想，而无意于功名富贵。说自己“意疏体放，性有由然，兼弃俗遗名，为日已久”，喜欢过那种“渊明对酒，非复礼义能拘；叔夜（嵇康）携琴，惟以烟霞自适”的生活，常常“登山临水，邈矣忘归；谈虚语玄，忽焉终夜”，纵情任性，放浪自适，“歌去来之作，不觉情亲；咏招隐之诗，惟忧句尽。帷天席地，友月交风。新年则柏叶为樽，仲秋则菊花盈把”，谓陶渊明《归去来兮辞》、左思和陆机的《招隐诗》是自己最喜爱的，顺应自然，与大自然融为一体，“高吟朗啸，挈榼携壶，直与同志者为群，不知老之将至”，而厌弃官场虚与应酬之礼仪，认为妨害天性。文章虽仍然注重偶对，但语言朴素自然，而对隐逸生活的抒写，颇具抒情性。

晚年，王绩预感到自己不久于人世，遂作《自撰墓志铭》：

王绩者，有父母，无朋友，自为之目，曰无功焉。或问之，箕踞不对。盖以有道于己，无功于时也。不读书，自达理，不知荣辱，不计利害。起家以禄位，历数职而一进阶。才高位下，免责而已。天子不知，公卿不识，四十五十，而无闻焉。于是退归，以酒德游于乡闾，往往卖卜，时时著书，行若无所之，坐若无所据，乡人未有达其意者。尝耕东皋，世号东皋子。身死之日，自为铭焉。曰：有唐逸人，太原王绩。若顽若愚，似矫似激。院止三径，堂惟四壁。不知节制，焉有亲戚。以生为附赘悬疣，以死为决疣溃痈，无思无虑，何去何从。垄头刻石，马鬣裁封。哀哀孝子，空对长松。

总结一生，娓娓而谈，抒写情怀，淡定从容，真切感人。王绩之文，平淡自然，朴素清新，在唐初齐梁浮艳文风盛行之时，能够摆脱时习，颇为难能可贵。

高逸图

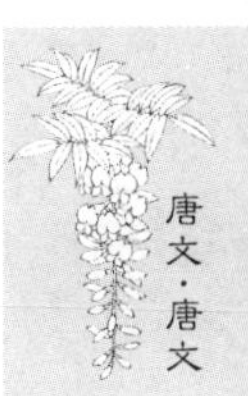

润色鸿业，典丽宏赡

——张说《起义堂颂》及《右羽林大将军王公神道碑》

张说

姚崇与张说同为唐玄宗开元时期的著名宰相，两人才智相当，而姚崇略胜一筹，常相侵凌，张说衔之颇深。二人相惜，亦相忌也。然而无论如何，姚、张二人始终以道义相期。开元九年（721年），姚崇病重，担心自己不久于人世，遂告诫子孙说：宰相张说曾经与我不和睦，可能会记恨。然而，我的生平，当由张说来撰写神道碑，才能够名实相符，而且符合我的身份、名望，亦可以借其宏文而流芳百世。张丞相少年时奢侈，喜欢珍宝，“吾身殁之后，以吾尝同僚，当来吊”，你们将我平生所收集的珍宝陈列出来，请其观赏，如其喜欢，就奉送给张丞相，并请其撰写神道碑。碑文一旦写成之后，立即镌刻到石碑上，并且把碑文上奏皇帝。张丞相推料事情比我迟缓，几天之后，他会后悔为我写碑文，必然会索要碑文，你们请他观看已经镌刻好的石碑，张丞相就没有办法了。果然，姚崇死后，张说前来吊唁，姚氏诸子按姚崇所说，准备了大量的珍宝，赠送给张说，并请其撰写姚崇神道碑。张说很爽快地答应了，“不数日文成，叙述该详，时为极笔”，其略曰：“八柱承天，高明之位列；四时成岁，亭毒之功存。”几天之后，张说果然派人来索要碑文，“以为词未周密，欲重为删改”。姚氏诸子领着使者去看已经刻好的石碑，说：已经刻上石碑了，而且已经将碑文上奏了皇帝，不能再更改了。使者复命，张说“悔恨拊膺，曰：‘死姚崇犹能算生张说，吾今知才之不及也远矣。”（《太平广记》卷一七〇引《明皇杂录》上）可见，张说在当时文才之盛及社会声望之高。张说在当时擅写文章，号称“大手笔”，名重当世，公卿士大夫死后如能得到张说撰写碑文，皆深以为荣，且盖棺论定，大都能成为生平行事、品性的定评，而影响于一时。

张说（667—730年），字道济，一字说之，郡望范阳（今河北涿县），乃洛阳人。

大周革命，武则天临朝称制，开科取士，招纳贤才，四方之士应制者万余人。武则天亲临东都洛阳城南门，主持考试，张说对策为天下第一。武则天以为近古以来，未有甲科，乃屈张说为第二等。张说对策的警句曰："昔三监玩常，有司既纠之以猛；今四罪咸服，陛下宜计之以宽。"谓武则天大周革命之前，各级官员有怱于职守的不良习气，应该以威猛之刑来纠正之；而今政局稳定，应该以宽和之政来统合人心。不仅对仗工整，而且针对武则天时的暴政，提出宽猛相济、以宽和之政来实行仁政的方针，因而深得武则天的赏识。武则天拜张说为太子校书，命令尚书省将对策文誊写若干份，"颁示朝集及蕃客等，以光大国得贤之美"。(《大唐新语》卷八)张说初入仕，则深得武则天赏识，获得巨大的声誉。

张说仕途虽亦经历挫折，但出将入相，荣耀一生。张说任太子侍读时，深得时为太子的李隆基的信任，并协助平定了太平公主之乱；又曾两次拜将，统领重兵，巡行边塞，平定叛乱，三次拜宰相，总摄国政；而且张说文才卓著，诗文兼擅，推掖后进，推行文治，对开元盛世的形成，厥功甚伟。《旧唐书·张说传》对其一生有高度的评价：

> 始玄宗在东宫，说已蒙礼遇，及太平用事，储位颇危，说独排其党，请太子监国，深谋密画，竟清内难，遂为开元宗臣。前后三秉大政，掌文学之任凡三十年。为文俊丽，用思精密，朝廷大手笔，皆特承中旨撰述，天下词人，咸讽诵之。尤长于碑文、墓志，当代无能及者。喜延纳后进，善用己长，引文儒之士，佐佑王化，当承平岁久，志在粉饰盛时。其封泰山，祠脽上(后土)，谒五陵，开集贤，修太宗之政，皆说为倡首。而又敦义气，重然诺，于君臣朋友之际，大义甚笃。

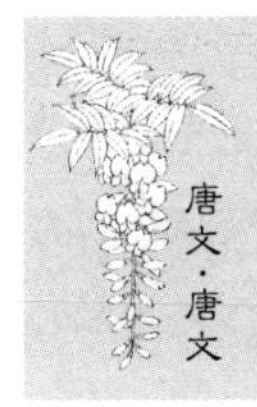

张说重视文化、文学，并将其作为国家文化建设的重要内容。开元十年，张说拜朔方军大使，巡行边塞。而唐玄宗巡幸并州(今山西太原)，张说建议：太原是唐高祖李渊起兵而建立大唐帝国的龙兴之地，玄宗巡幸太原，"振威耀武，并建碑纪德，以申永思之意"，还京都长安时，也应该顺路去脽上后土祭祀，自从汉武帝祭后土之后，"此礼久阙，历代莫能行之。原陛下绍斯坠典，以为三农祈谷，此诚万姓之福也"。在太原，玄宗瞻仰了李渊起兵的"起义堂"，颇有感慨，张说因而作有《起义堂颂》，以追怀先烈之丰功伟绩，张扬国家之盛。序文之开篇则以尧舜以天下相禅让，惟有德者居之，所谓"垂道德而统运，依清虚而立法"，大唐受天命而缔造，而“并州起义堂者，皇天造帝之初，高祖誓众之地”。而大唐之所以起义，乃由于隋朝失德，国乱无家，贤才沦落，“惟宫室陂池之好，惟沈湎暴慢是保，上帝不歆，黎人咸戚”，而且穷兵黩武，炀帝巡幸江南，致使民生凋敝，流血涂于野草，“黔首嚣然，方将无诉”。值此黎民倒悬、生死存亡之际，“我高祖感之，乃龙跃晋水，凤翔太原，百神前驱，万姓来奔。开咸阳，入天门，用汤武之兵，静新室（王莽）之乱，遵唐虞之典，承太王之基，率百官，受终于文祖”，因而缔造大唐。瞻仰起义堂，而认识到大唐之所以缔造：“非天私我有唐，惟天祐于积德；非唐求于人庶，惟人怀于累仁。”——乃大唐以仁德恩泽，而百姓归附。“当此之时，太宗内启圣谋，外行专断，躬擐甲胄，跋履山川，驾英雄而为奥主，一区域而定大业。”因为积仁德，方可立国久远，所谓“修德以降命，奉命以造邦，源濬者流长，根深者叶茂。”并以周朝为例，周之先祖积仁德恩泽，致使享国绵长。而此次玄宗皇帝亲祀起义堂，其意义巨大：

> 存问黎老，缅慕本邦。城郭岿然，桑梓如旧。览风物之忧思，寻王业之艰难。惟高祖若天地之开辟，化成万类；惟太宗若日月之照临，光于四表。举晋阳之甲，除君侧之盗。由唐侯之封，升天子之号。肇基发迹，实在于兹。仙驾无所，或顾怀于旧土；灵魄无方，倘来归于北堂。

巡幸起义堂，知道创业垂统之艰难，高祖李渊、太宗李世民建立大唐帝国，穷尽心力，其仁德亦影响于后世。太原起义，乃在于除君王身边之盗贼。而由于太原起义，使得周朝唐侯所封之地，升格为天子之尊，因而起义堂实乃大唐龙兴之关键。并且说“礼不忘本，乐保其德”——礼乐在于慎终如始，保有其仁德，如同周朝赞美其发祥地周原、汉朝歌咏其发祥地沛邑一样，起义堂乃大唐王朝之发祥地，因而曰：“思我列祖，如闻叹息之音；嗟尔后人，无忘成功之颂。”一唱三叹，余意不尽。

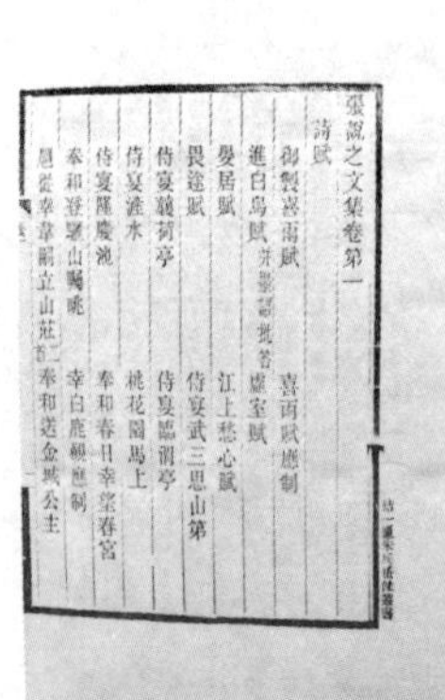

張說之文集卷第一
詩賦
御製喜雨賦 喜雨賦應制
進白烏賦 虛室賦
嬰居賦 江上愁心賦
畏途賦 侍宴武三思山第
侍宴蘘荷亭 侍宴臨渭亭
侍宴滻水 桃花園馬上
侍宴隆慶池 奉和春日幸望春宮
奉和登驪山矚眺 幸白鹿觀應制
恩從幸韋嗣立山莊 奉和送金城公主

光緒乙巳仁和朱氏刊

张说文集

序文为叙述，交待事件之缘由

经过，而颂文一般是四言韵文，亦有三言的，主要在于颂赞。颂主要用于禀告神灵，意义一定要纯正美好。因此，颂的写作，要求典雅美好，文辞必须清明光彩，有铺写，但不能华艳，恭敬谨慎，却不能有规劝戒惧的用意，应该用深广的内容来树立意义，表达其应有的思想。《起义堂颂》之颂文有曰："皇矣上帝，临下有赫。降监四方，求人之瘼。吁彼隋炀，其政不获。眷我高祖，此惟其宅。"说唐之起义，乃"万夫一心""万国讴唐""海隅苍生，莫不来庭"，因此瞻仰起义堂，应该明白乃上天所赐，实为仁德恩泽及于百姓而获致，不能忘记此一根本："天命所起，于胥颂美。维予小子，夙夜敬止。於戏皇王，绪思不忘。"

张说不愧为大手笔，对起义堂的事件、经过、意义叙述得非常清楚，而且颂文亦颇得体，始终关注于仁德恩泽及于百姓方有天命，瞻仰起义堂则在于重温王朝创业垂统之艰难，希望能够慎终如始、励精图治。所颂为起义堂，而关注的重心始终在于国家之大政方针，可见其政治家的情怀与文学家的杰出才能。

作为润色王言、佐佑王化的大手笔，张说擅长朝廷制诰等文章，如《大唐祀封禅颂》《开元正历握乾符颂》等，雅有典则，如《开元正历握乾符颂》有曰："伏维圣人聪明文思，道德之具也；豁达大度，皇帝之体也；艺总六经，汉光之学也；文通三变，魏祖之才也；缘情定制，五礼之本也；洞音度曲，六乐之宗也；神于弧矢，黄轩之威也；圣于翰墨，苍颉之妙也；兄弟善友，王季之心也；子孙众多，周文之福也。"可谓擅于颂圣颂善。张说亦擅长碑志行状文，如《故开府仪同三司上柱国赠扬州大都督梁国公姚文贞公神道碑》《论神兵军大总管功状》《唐开元十三年陇西监牧颂德碑》《兵部尚书代国公赠少保郭公行状》等，纵横捭阖，笔情踔厉，尤为卓荦入奇。

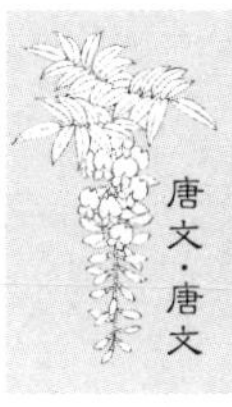

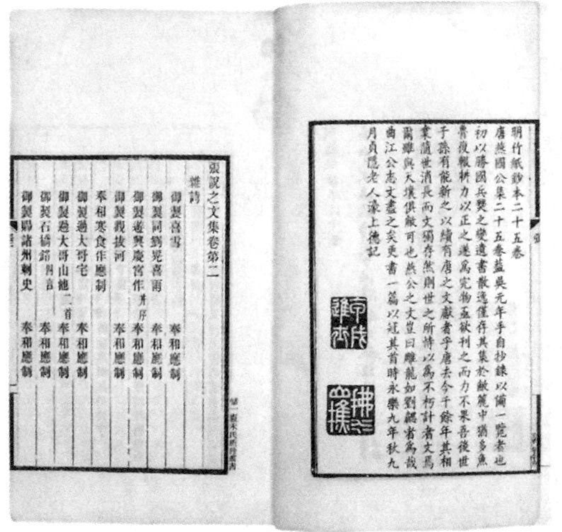
明竹紙鈔本二十五卷
唐燕國公集二十五卷蓋吳元年手自抄錄以備一覽者也
初以勝國兵燹之變遺書散逸僅存其集於敝篋中獨多魚
蠹復輒析力以正之遂爲完物亟欲刊之而力不果吾後世
子孫有能新之以續有唐之文獻者乎唐去今千餘年其相
業蘊世消長而文獨存然則世之所恃以爲不朽計者文爲
萬雖與天壤俱敝可也燕公之文豈曰雕龍如劉勰者爲哉
曲江公志文盡之矣更書一篇以冠其首時永樂九年秋九
月貞隱老人遂上德記

張說之文集卷第二
雜詩
御製喜雪　奉和應制
御製同劉晃喜雨　奉和應制
御製遊興慶宮作并序　奉和應制
御製觀拔河　奉和應制
奉和寒食作應制
御製過大哥宅　奉和應制
御製過大哥山池二首　奉和應制
御製石橋銘并言　奉和應制
御製賜諸州刺史　奉和應制

张说文集

开元十三年，唐玄宗召张说及礼官学士等赐宴于集仙殿，玄宗以为"仙"者虚无缥缈，不可为据，而治国济民当倚靠"贤才"，遂改"集仙殿"为"集贤殿"，张说拜大学士，张说坚辞大学士，只称学士，与众学士同列。宴饮之时，官高者先饮，张说推让不肯先饮，以为"学士之礼，以道义相高，不以官班为前后"，遂与众学士同时共饮。当时陆坚为中书舍人,以为丽正书院招集学士过多:“此亦何益国家,空致如此费损。”张说以为,自古帝王成功之后,则易陷于奢侈放纵,或兴造池台,或沉湎于声色,而现在玄宗皇帝,“崇儒重德,亲自讲论,刊校图书,详延学者”,以礼乐文化而治国兴邦。现在的丽正书院,就是皇帝讲求礼乐文化之地,花费很小而国家收益很大,应该保持这一优良的传统,而传之千秋万代。唐玄宗很是赞美张说的见解。

开元初,吐蕃屡屡侵扰西北,后又请和,张说建议因势利导,许其和议,而平息边患,使百姓不再遭受刀兵之苦。可惜,右羽林大将军、河西陇右两道节度使王君㚟极力主张用兵征讨,唐玄宗信从。张说认为,王将军勇而无谋,好战以立功,而双方和好,则无法建立战功,况且玄宗皇帝年轻气盛,勇于进取,不可轻开战事以激发其穷兵黩武之心。时值南方进贡了两只斗羊——此羊生性好斗,如不加阻止,直至相斗而死,张说因而上奏《进斗羊表》而讽谏:斗羊“蓄情刚决,敌不避强,战不顾死,虽为微物,志不可挫”,相斗之时“裂骨赌胜,溅血争雄”,仁者应存有爱恤之心。可惜唐玄宗并没有觉悟。开元十五年九月,吐蕃侵犯瓜州,杀刺史田元献、王君㚟之父及百姓无数,抢掠财物,王君㚟急赴肃州袭击,结果在甘州巩笔驿中伏兵而战死,致使陇右损失惨重。其后,张说奉玄宗诏敕撰写《右羽林大将军王公神道碑》。

面对这样的一位既有战功,又轻启边衅、好勇无谋的将军,张说在碑文中举重若轻,描摹其勇武情状:“公威声发于雷泉,武毅标于峒岭,小头锐上,猿臂虬须。龙剑摧百胜之锋,蛇矛得万人之数。拔自行阵,果有吕蒙之才;拜于坛场,不爽韩信之用。”起自行伍,不出十年之间,任羽林大将军,河西、陇右两道节度使,兼统十军,并封凉州都督。王将军踌躇满志,谈论边塞之事,“山川险易,立成于聚米;攻守方略,一决于前筹”,“当斯时也,踌躇攘袂,三垂可以气压,百蛮可以力制。即绪者,老生之常谈,和亲者,竖儒之怯计,安足为神武非常之主道哉!”因而力主开边拓土。但当吐蕃入侵之时,王将军却疏于谋略,致使瓜州失守,百姓陷于兵火,其父被逮:“公以为背父立威,非孝也;顿兵从敌,非忠也。大义逼其家,方寸乱其供国。”而仓卒应战,“以八九之从人,当数百之强虏”,遂战死于阵前,再也没有重新战胜的机会了,所谓“尝胆之愤空结,噉肝之怨莫雠”。而玄宗皇帝犹推仁恕于天下,传大信于后世,“爱欲其生,惩晋侯再克之喜;恶伤其没,抱秦伯犹用之诚。婉独见之端,岂常情所逮。谋臣饮恩于望表,猛将感德于事外,然后任人之固,众可知也。”战败而得封赠,又赐厚葬,可见玄宗对王君㚟的偏信偏听，实则已经开启了帝王的好战黩武之心。张说在此，批评王将军之有勇无谋，好战而不为国家百姓着想，乃大有深意。因而在墓志铭的开篇则重申其以武止战的思想："合众在仁，正兵维义。将为天目，国命所寄。曲乃老师，轻实儿戏。安我封略，才难不易。"指出"兵者乃凶器，圣人不得已而用之"，应以仁义为主，将军乃国家命脉所寄，没有正义，军队则无锐气（老师），轻慢则成儿戏，军队乃在于固守疆土，因而将才非常难得。然而，张说仍然表彰了王将军舍生忘死、勇于征战疆场的英勇。显然，张说写碑文，不同于一味的颂美，隐恶扬善，而是在碑文中指陈王将军的过错，又能肯定其英勇，表达自己对边塞战事的关心，主张应有勇有谋、以武止战，保卫疆土，爱惜民生。

开元十八年十二月，张说逝世，玄宗皇帝非常悲伤，"遽于光顺门举哀，因罢十九年元正朝会"，追赠张说太师，并亲自撰写了《赠张说太师诏》，对张说一生作出了高度的评价，称为"时杰""人师"——"宏济艰难，参其功者时杰；经纬礼乐，赞其道者人师"，认为张说"式瞻而百度允釐，既往而千载遗范。台衡轩鼎，垂黼藻于当今；徽策宠章，播芳蕤于后叶"，乃影响于当代及后世的典范，"挹而莫测，仰之弥高"，其文章深探儒学之本，而文辞能够鼓动天下。信然，张说乃开启了盛唐文化的先驱。

牧马图

诗人辞笔，才情纵横

——王维《山中与裴迪秀才书》、李白《春夜宴从弟桃花园序》

一

王维作品

王维少年时，即以文章得名，又精通音乐，擅长各种乐器，而弹奏琵琶尤为突出。与达官贵人、公子王孙相交游，深得岐王李范（唐睿宗之子，玄宗之兄）的赏识。唐代考进士，需要有名望者推崇、揄扬，方有考中的机遇。王维欲考进士，求岐王揄扬。岐王说太平公主（睿宗之妹，权倾朝野）另有推荐人，不好与之相争，我给你好好谋划，“子之旧诗清越者可录十篇，琵琶新声之怨切者可度一曲”，五天后到我宅中。王维依命而行，如期而至，岐王说：你以文士身份无法谒见太平公主，你能按我的要求去做吗？王维恭敬从命。岐王乃出锦绣衣服，鲜华奇异，让王维穿戴好，令其怀抱琵琶，同至公主宅第。宴乐之时，诸伶人奏乐，而王维“妙年洁白，风姿都美”，立于一边，太平公主顾见，谓岐王“斯何人哉”？岐王曰“知音者也”，遂令王维独奏新曲，声调哀切，满座动容，而无人识得乐曲之名。此乃王维所创之《郁轮袍》，太平公主大奇之。岐王说，此人不但擅长音乐，而且文章诗歌，无人能出其右。王维呈上诗卷，太平公主诵读之下，惊骇曰：“此皆儿所诵习，常谓古人佳作，乃子之为乎？”因而待为上客。王维风流蕴藉，语言谐趣，大为诸贵人所钦慕。因受太平公主的举荐，王维遂一举中第。

王维还是杰出的画家，画山水松石，有画圣吴道子的风格，而风致标格特出。长安千福寺西塔院有掩障一合，画青枫树；又画诗人孟浩然《马上吟诗图》，而所画《辋川图》，笔力雄壮，山谷郁郁盘盘，云水飞动，意出尘外，怪生笔端。曾自题诗“当世谬词人，前身应画师”，颇为自负。王维还擅长泼墨山水，笔迹劲爽。相传，王维曾经为岐王画一大石，相笔涂抹，自有天然之致。岐王很是喜爱，常常独坐注视，而有山水之想，悠然有余趣。数年之后，此石更见精彩。一天，大风雨中雷电齐鸣，忽然拔石而去，屋宇俱坏，后来只见画轴上空空如也，所画石头已经飞去了。至唐宪宗时，高丽（今朝鲜半岛）遣使言：“几年月日，大风雨中，神嵩山上飞一奇石，下有王维字印，知为中国之物，王不敢留，遣使奉献。”宪宗命群臣以王维绘画真迹比较，无毫发差谬。可见其绘画之入神，因此，历代都将王维绘画列入神品。

因为兼擅绘画与音乐，王维颇有过人之处。有人画奏乐图，王维熟视久之而笑，或问其故，王维说：“此是《霓裳羽衣曲》第三叠第一拍。”好事者集合乐队按验，一无差谬。王维以画家的眼光、音乐家的耳朵来观察、聆听大自然，便有不同的体会了。前人评价王维之诗“诗中有画，画中有诗”，其实，王维的诗文中还有音乐的动人节奏、旋律。如《终南山》诗：

太乙近天都，连山到海隅。白云回望合，青霭入看无。分野中峰变，阴晴众壑殊。欲投人宿处，隔水问樵夫。

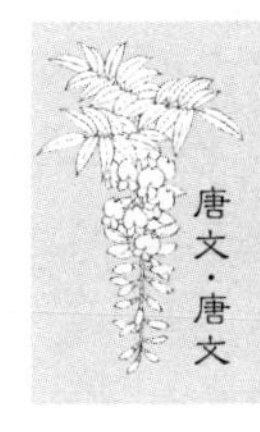

诗的首联写远眺终南山，终南山高大巍峨，太乙主峰几乎高耸入天都，而山脉东西绵延起伏，一直到了海边。颔联则写进入终南山的景象，在半山腰向下看，则白云四合，而仰望则青霭迷濛，登山而入青霭，则青霭已然消失。颈联则写登上山巅俯视终南山，广阔无垠，各山峰山谷阴晴不同，竟然是南北之地的分野。尾联则为下山之后，隔水问樵夫，仍写终南山之广大。显然，王维此诗采用了画家移步换景的技法，有尺幅千里之势，从不同的角度来写终南山，给人以全面亲切而新奇的感受。此诗用字也很注意色彩，“白云”“青霭”，两相辉映，独出心裁。

辋川原为宋之问别业，后归王维所有，王维重加修葺经营，使得风景显著。王维隐居辋川修道，多能以禅寂之心聆听大自然之声响，并能够创造性地予以表述，形成泠泠盈耳之完整乐章，如天籁清音。有一年的腊月，“景气和畅，故山殊可过”，遂写信给自己的友人裴迪，即《山中与裴迪秀才书》，邀约其到终南山。在信中，王维以其画家、音乐家的艺术感悟，诗人的笔触，勾勒辋川之情景，以声韵音响描摹，栩栩如生，如临仙景，如闻仙乐：

> 北涉玄灞，清月映郭。夜登华子冈，辋水沦涟，与月上下。寒山远火，明灭林外。深巷寒犬，吠声如豹。村墟夜舂，复与疏钟相间。此时独坐，僮仆静默，多思曩昔，携手赋诗，步仄径，临清流也。当待春中，草木蔓发，春山可望，轻鯈出水，白鸥矫翼，露湿青皋，麦陇朝雊，斯之不远，倘能从我游乎？非子天机清妙者，岂能以此不急之务相邀。然是中有深趣矣！

生动而自然，幽隽而清丽，静中含动，动中有静，有声有色，充满诗情画意。辋水淙淙流淌声衬托出夜晚之宁静，而偶尔传来三两声深巷寒犬如豹之吠声，低沉而浑厚，划破了辋川夜晚之宁静，村墟中咚咚的舂米声与远处寺庙传来的悠扬疏越之钟声，共同构成了一首充满生命活力的交响乐，萦绕于耳际，流淌于心田，给人以无限的审美享受。如此，则以声响音乐之抒写，将辋川之美妙绝胜突现出来，仿佛置身于声韵生动、天机充沛之景象中。而《辋川闲居赠裴秀才迪》就以声响音律来写辋川之幽美、闲居之可人：“寒山转苍翠，秋水日潺湲。倚杖柴门外，临风听暮蝉。渡头余落日，墟里上孤烟。复值接舆醉，狂歌五柳前。”此诗着重描摹声响，从视觉与听觉来写辋川胜景、闲居心绪。屋外秋水潺湲，溪流淙淙，阵阵秋风吹拂，传来

雪霁图

暮蝉声声，而野老酣饮，时时传来略带醉意的啸咏歌唱，种种声响构成旋律优美的乐章，而此乐章又在渡头落日、墟里孤烟的祥和静谧背景上展开，于是其舒啸移情之景如亲闻亲见，诗人将其闲居之意写得极其生动。文章语言清新，骈散相间，既象一篇山水小品，又如一幅风景图画，与其诗、画有异曲同工之妙。

王维文章多为骈体或骈散相间，对偶工整，精于用典，平仄严格，音韵铿锵，文字清丽秀美，无论叙事、抒情、写景都能各臻其妙。如《送李补阙充河西支度营田判官序》，送别赠序，一在勉励，一在惜别，虽是寻常之事，王维写来却别有风致。文章开篇则写河西、陇右地理形势之重要："汉张右掖，以备左衽。西遮空道，北护居延。"而匈奴往往侵凌，"犬戎夜猎于山外，匈奴射雕于塞下，岁或有之"。而度支营田节度使王公"勇能尽敌，礼可用兵，读黄石书，杀白马将"——精通兵法谋略，英雄善战，而李补阙"家世龙门，词场虎步。五经在笥，一言蔽诗。广屯田之蓄，度长府之羡，以赡边人，以弱敌国"，出身名门，文才武略兼备，实乃良佐。主将贤明勇武，李补阙乃杰出辅佐，必将大展宏图，即"使麾下骑，刃楼兰之腹；发外国兵，系郅支之颈。五单于遁逃于漠北，杂种羌不近于陇上"，而以"子之行也，不谓是乎"点明此乃李补阙赴河西节度使幕府的使命。文章最后则以"胡风动地，朔雁成行。拔剑登车，慷慨而别"结束，景象阔大，气势奔腾，将那种英雄远赴边塞、报国卫疆的豪迈气概描摹如画，闻之而肝胆开张，一往无前。

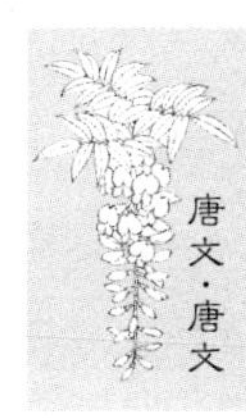

二

李白天才卓异，"燕许大手笔"之一的许国公苏颋为益州长史，见到少年李白甚为惊奇，大加赞叹：此子天才英特，如果能够努力学习，可以与司马相如、扬雄相媲美。开元年间，李白自蜀中到长安，住在旅店，深受唐玄宗崇敬的大诗人贺知章闻其名，特意拜谒，既惊异于李白风姿之都美，又赞叹其诗文之卓异，读《蜀道难》，喟叹不已，说："公非人世之人，可不是太白星精耶？"称李白为"谪仙"——贬谪到人间的天仙。又读其《乌栖曲》："姑苏台上乌栖时，吴王宫里醉西施。吴歌楚舞欢未毕，青山欲衔半边日。银箭金壶漏水多，起看秋月坠江波。东方渐高奈乐何！"《乌夜啼》："黄云城边乌欲栖，归飞哑哑枝上啼。机中织锦秦川女，碧纱如烟隔窗语。停梭怅然忆远人，独宿空房泪如雨。"李白才气纵逸，品性高洁，望之如神仙焉。贺知章解下腰间所佩金龟，换美酒款待，二人饮酒吟诗，尽兴而醉，李白声名遂传遍长安。天宝初年，唐玄宗征召李白为翰林供奉，以其才藻绝人,器识兼茂,玄宗降辇步迎,认为罗致李白入朝,如同汉朝得到隐逸高人商山四皓。可惜,玄宗只是把李白视为文学侍从之臣,并不在乎其政治才能、政治策略。

李白不但擅长诗歌,文章也写得很好。开元二十二年(734年),李白游襄阳,当时荆州长史韩朝宗兼任襄阳刺史、山南东道采访处置使。韩朝宗喜欢奖掖贤才,识拔后进,谦恭待士,颇有时誉。李白遂写信给韩朝宗,希望能够得到其援引而有入仕的机会,实现远大的理想抱负。《与韩荆州书》开篇颇有气势:

> 白闻天下谈士相聚而言曰:"生不用万户侯,但愿一识韩荆州。"何令人景慕,一至于此耶?岂不以有周公之风,躬吐握之事,使海内豪俊,奔走而归之。一登龙门,则声誉十倍,所以龙盘凤逸之士,皆欲收名定价于君侯。愿君侯不以富贵而骄之,寒贱而忽之,则三千宾中有毛遂;使白得颖脱而出,即其人焉。

文章开篇,先声夺人,赞美韩朝宗,"天下谈士相聚而言",弃万户侯而不顾,但愿一识韩荆州,可见韩朝宗声名之重。而"识荆"一词,遂成结识朋友、前贤的成语。"何令人景慕,一至于此耶",则顿挫一笔,低回婉转中,引出韩之有周公一饭三吐哺、一沐三握发的爱贤若渴的优良品性,而受韩朝宗举荐、揄扬之人,则声名鹊起,名重天下,即"一登龙门,则声誉十倍"。因此凡怀金抱玉、龙盘凤逸之人,皆希望能够得到韩朝宗的举荐。于是,李白说,希望韩朝宗不以自己之富贵、声名而怠慢天下之士,也不要因为士人之贫寒、地位低而忽略了他们,若能如此,则李白自己将如同毛遂,自然会脱颖而出的。干谒求人,而又写得如此有气势,毫不气馁;又不卑躬屈膝,委曲求人,颇为难得。在此基础上,文章因而述说李白自己的经历、想法:

李白

> 白陇西布衣,流落楚汉。十五好剑术,遍干诸侯;三十成文章,历抵

卿相。虽长不满七尺，而心雄万夫。王公大人，许与气义。此畴曩心迹，安敢不尽于君侯哉！

才能杰出的韩朝宗如能奖掖举荐，李白将会发挥其应有的才能，即“必若接之以高宴，纵之以清谈，请日试万言，倚马可待”。韩朝宗名重一时，有知人善任之名实，“今天下以君侯为文章之司命，人物之权衡，一经品题，便作佳士”，文章遂用一反诘句——“而君侯何惜阶前盈尺之地，不使白扬眉吐气、激昂青云耶”，自占地步，希望韩朝宗能够举荐，干谒求进，而写得颇有气势，声情激昂，毫无委顿馁弱之色。此后，文章则转入平实，列举历史上的爱才举荐之人，东汉王允为豫州刺史，举荐荀爽（慈明）、孔融（文举）为从事，西晋山涛为冀州刺史，举荐了三十多人，为当时所称美。而韩朝宗举荐严武、崔宗之、房习祖、黎昕、许莹等人，“或以才名见知，或以清白见赏”，皆能忠义奋发，尽心国事。此乃韩朝宗忠义赤心待人之故。李白说，如能蒙韩举荐，“傥急难有用，敢效微躯”。当然，作为自求荐举之文，李白说“且人非尧舜，谁能尽善”——人皆有不足，自己有关国家大政的计策谋略，是不值得自夸的，而文章著述，积成卷轴，送呈韩朝宗一阅，庶几可以有可用之处。李白表现出相当的自谦，却又不卑不亢，渴望能够得到援引，从而做出一番事业来。

李白有“济苍生”“安社稷”的政治抱负，渴望“奋其智能，愿为辅弼，使寰区大定，海县清一”，这种干谒求进，是与其一生的政治抱负、理想相一致的，而非仅仅求得个人的闻达。正因为如此，在得以供奉翰林之时，李白并不委曲求全，曲学阿世，甘心当一个文学侍从之臣，而是希望能够有机会参与政事，发挥其应有的才能。因此，《与韩荆州书》虽是求人荐举，却毫无寒酸乞怜之态，并对自己的才能非常自负，又不失谦虚之意，充分表现出那种傲岸不羁、不肯低眉折腰的精神。

李白虽天才卓异，但很是重视后天的学习。在四川眉州象耳山下，有一磨针溪。相传李白读书山中之时，未有所得，弃去，当经过这条小溪时，见一位老妪正在将一铁杵仔细地磨砺，李白很好奇地问她要做什么，老妪说：“欲作针。”李白深受感动，遂返回而刻苦攻读。李白很勤奋，经史诸子百家，无所不览，还跟随精通纵横学、著有《长短经》的赵蕤学纵横之术。《昭明文选》是李白认真研读的书籍，其中的诸多篇章，李白都多次拟作（仿写），自己感觉不如意，都焚毁了，只有所拟江淹的《恨赋》《别赋》留传于世。经过这样的勤学苦练，李白精通文章之道，终于成为一代才人。李白的文章与其诗一样，具有豪逸奔放、气势夺人、情韵悠长的特点。如《春夜宴从弟桃花园序》就是一篇著名的抒情短文：

> 夫天地者，万物之逆旅也；光阴者，百代之过客也。而浮生若梦，为欢几何？古人秉烛夜游，良有以也。况阳春召我以烟景，大块假我以文章。会桃花之芳园，序天伦之乐事。群季俊秀，皆为惠连；吾人咏歌，独惭康乐。幽赏未已，高谈转清。开琼筵以坐花，飞羽觞而醉月。不有佳咏，何伸雅怀？依如诗不成，罚金谷酒数。

李白以清新自然的笔触，写在一个春夜里与诸从弟在桃花园饮宴、赏幽、清谈、赋诗的情景，饱含诗的抒情性。李白深切地感受到天地无穷而人生短暂，人生一世，欢乐能有多少呢？而古人有及时行乐、秉烛夜游之说。在这春光明媚之时，大自然（大块）呈现出如锦绣般的春景，李白与诸从弟（堂弟）相聚于桃花园宴乐，享受天伦之乐，而诸从弟俊雅秀美，都有谢惠连那样的才情，可惜自己所吟咏的诗歌，自惭不如谢灵运才情高赡。由赏鉴美景，转向清雅高谈，于花丛中设宴，在明媚的月光下开怀畅饮，真是人生乐事。全文一百余字，紧扣题目，写春、夜、桃花、诸弟、宴饮等事，有层次，有变化，将热爱大自然、热爱春天的情怀和逸趣，尽情呈现，也流露出了人生如梦、及时行乐的思想。文章虽短小，有叙事，有议论，有抒情，而且韵味悠长，颇能激发人之情思。

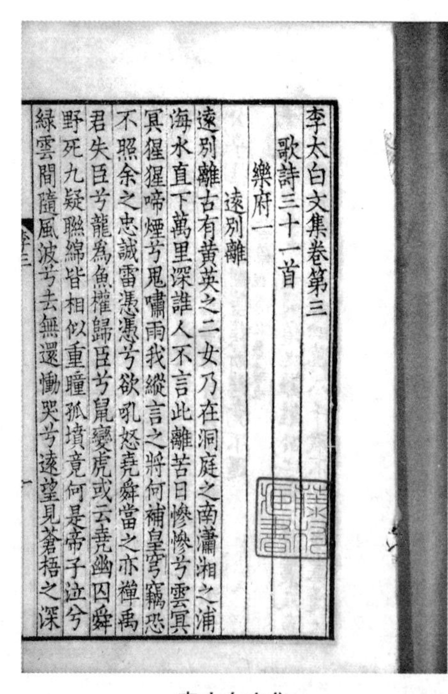
李太白文集卷第三
歌詩三十一首
樂府一
遠別離
遠別離古有黄英之二女乃在洞庭之南瀟湘之浦海水直下萬里深誰人不言此離苦日慘慘兮雲冥冥猩猩啼煙兮鬼嘯雨我縱言之將何補皇穹竊恐不照余之忠誠雷憑憑兮欲吼怒堯舜當之亦禪禹君失臣兮龍為魚權歸臣兮鼠變虎或云堯幽囚舜野死九疑聯綿皆相似重瞳孤墳竟何是帝子泣兮綠雲間隨風波兮去無還慟哭兮遠望見蒼梧之深

李太白文集

李白是中国诗歌史上的伟大诗人，李阳冰《草堂集序》说，李白“其言多似天仙之辞。凡所著述，言多讽兴，自三代以来，《风》《骚》之后，驰驱屈（原）、宋（玉），鞭挞扬（雄）、马（司马相如），千载独步，唯公一人”。诗歌想象丰富奇特，风格雄健豪放，色彩瑰玮绚丽，语言清新俊逸。李白亦擅长文章，才思敏捷，才华横溢，以其诗人之辞笔、纵横之才情而抒写，能融叙事、议论、抒情于一体，以诗的情韵而感发人意。

文才卓著，思理深透

——李华《吊古战场文》与《中书政事堂记》

李华之《吊古战场文》

李华，字遐叔，赵州赞皇人，开元二十三年进士，天宝二载举博学宏词科，皆名列第一，以文学而名重一时。李华天性旷达，外表很坦荡，而内心颇谨慎持重，重然诺，言必信，行必果，很有操守。宰相杨国忠专权时，李华为监察御史，巡行州县，而杨氏党羽多横猾，不守法纪。李华劾弹整顿，州县为之肃然。安史之乱暴发后，因老母亲在安史叛军占领下的邺城，李华变姓名而亲往迎接，欲逃归南方，结果被认出来，威逼而任叛军的凤阁舍人。平叛之后，贬李华为杭州司户参军，李华“自伤践危乱，不能完节，又不能安亲，欲终养而母亡，遂屏居江南”。

李华才思颖睿，与萧颖士并称“萧李”，而与贾至等人相友善，时常讲求才艺。李华自觉才能超越同辈，亦不在萧颖士之下，因而用心创作了一篇《吊古战场文》，写成之后，故意污染成旧书的样子，杂乱放在一堆旧书中。一天，与萧颖士共同翻检旧书，找到了这篇纸张污渍斑斑的《吊古战场文》，李、萧二人共同诵读，称美不已。李华问：“当今才人，谁可以写出这样的文章呢？”萧颖士说：“君加精思，便能至矣！”李华颇为惊愕，便坦承此文乃其所作，遂服膺萧颖士之才气文章。

《吊古战场文》激扬顿挫，虽是词赋，而健笔有纵横之意。吊，乃慰问、劝慰之意。刘勰《文心雕龙》说：“或骄贵以殒身，或狷忿以乖道，或有志而无时，或行美

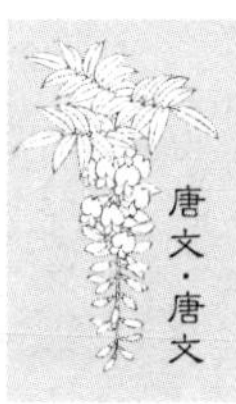

而兼累，追而慰之，并名为吊。”即：有人因骄傲高贵而身死，有人因躁急忿恨而违背正道，有人拥有远大志向却没有实现的机遇，有人因行事美好却兼有某种缺点，追念他们并加以慰问，皆为吊之主要内容。这样看来，李华凭吊古战场却是吊文的变体了，文曰：

> 浩浩乎！平沙无垠，夐不见人。河水萦带，群山纠纷。黯兮惨悴，风悲日曛。蓬断草枯，凛若霜晨。鸟飞不下，兽铤亡群。亭长告余曰：“此古战场也，常覆三军。往往鬼哭，天阴则闻。”伤心哉！秦欤汉欤？将近代欤？

文章开篇则渲染古战场的荒凉：广阔平坦的沙漠没有边际，荒远而无人迹。河水回环萦绕，群山交错，杂然罗列于远方。气象黯淡悽惨，风声凄厉，日色昏黄；而枯草断蓬随风飞转，阵阵寒气如同清晨的霜露，凛冽肃杀。肃杀之气、悲惨景象，以致鸟儿惊飞不落，走兽狂奔而失群。在描摹情状之后，以“亭长告余曰”点出古战场，又以战死的累累白骨，“往往鬼哭”，点明古战场荒凉悲惨的原因，更进一步衬托出其肃杀凄厉。而自秦汉以来，至于近代，古战场上一直战事未曾停止过。

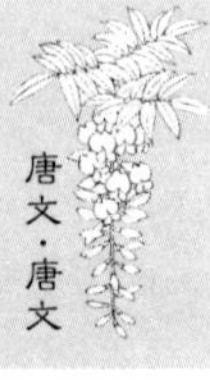

文章遂接着写自古以来的古战场上的战事。战国时代齐魏韩各国召募百姓，征战不休，“万里奔走，连年暴露。沙草晨牧，河冰夜渡。地阔天长，不知归路”，性命寄于刀锋剑刃之间，内心的苦闷郁积向谁来倾诉呢？秦汉而下，则拓土开边，致使中原民力耗费，抛弃王道仁义而信奉武力征战：“文教失宣，武臣用奇。奇兵有异于仁义，王道迂阔而莫为。”一声“呜呼噫嘻”，无言而胜于有言，说尽了无限的感慨和无奈！于是，文章则展开丰富的想象，描摹千百年来古战场上所展开的惨烈战斗：

> 北风振漠，胡兵伺便。主将骄敌，期门受战。野竖旄旗，川回组练。法重心骇，威尊命贱。利镞穿骨，惊沙入面。主客相搏，山川震眩。声折江河，势崩雷电。

在呼啸的北风中，飞沙走石，振动沙漠，而主将轻敌，致使敌人攻至军营门壁，敌我双方的战斗异常惨烈，其声势足使山川震动、江河波涛汹涌。而“法重心骇，威尊命贱”，寥寥数字，写尽军法之重酷、将军之声威尊严，以及士卒生命之低贱而毫无保障，两相对照，士卒之战死疆场、生命涂炭之悲惨。至于隆冬严寒之际，“穷阴凝闭，凛冽海隅，积雪没胫，坚冰在须”，冻断手指，寒裂肌肤，而胡人惯于严寒，乘势屠戮：“都尉新降，将军覆没；尸填巨港之岸，血满长城之窟。无贵无贱，同为枯骨，可胜言哉！”在此，文章进而铺陈战斗的惨烈和士卒战降两难的心理状态：

> 鼓衰兮力尽，矢竭兮弦绝。白刃交兮宝刀折，两军蹙兮生死决。降矣哉，终身夷狄；战矣哉，暴骨沙砾！鸟无声兮山寂寂，夜正长兮风淅淅。魂魄结兮天沉沉，鬼神聚兮云幂幂。日光寒兮草短，月色苦兮霜白。

战斗的惨烈、大战后的凄惨景象，山川寂寥，风声淅沥，而阴云低沉，如魂魄连结、鬼神相聚，肃杀凄凉，日月无光，草短霜白。李华认为，保境守边，疆场之上，用将为先，“用人而已，其在多乎”：赵国用李牧守边，“开地千里，遁逃匈奴”，周朝用尹吉甫，“既城朔方，全师而还”；秦朝修筑长城，“荼毒生灵，万里朱殷”；汉朝攻取阴山，“枕骸遍野，功不补患”。而无尽的战争，致使百姓陷于水深火热之中，骨肉分离，存亡不知：

> 苍苍蒸民，谁无父母？提携捧负，畏其不寿。谁无兄弟？如足如手；谁无夫妇？如宾如友。生也何恩？杀之何咎？其存其没，家莫闻知；人或有言，将信将疑；悁悁心目，寝寐见之。布奠倾觞，哭望天涯。天地为愁，草木凄悲。吊祭不至，精魂无依。

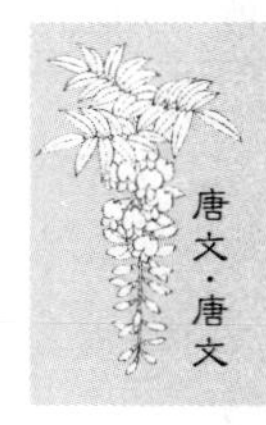

这段文字，真是作者心灵流淌出来的真性情，对士卒无限的同情，对其父母、兄弟、妻儿的关爱，皆于唱叹中表现出来，催人泪下。“生也何恩？杀之何咎？”乃对残酷无情战事的控诉。对戍边士卒存亡两不知的描摹，很是真切感人。汉代贾捐之《议罢珠崖疏》中说：“父战死于前，子斗伤于后，女子乘亭鄣，孤儿号于道，老母寡妇饮泣巷哭，遥设虚祭，想魂乎万里之外。”东汉肃宗诏书有：“父战于前，子死于后，弱女乘于亭障，孤儿号于道路。老母寡妻，设虚祭，饮泣泪，想望归魂于沙漠之表，岂不哀哉！”皆写战斗的残酷，以及给百姓造成的沉重打击和无尽的哀伤。而晚唐陈陶的诗，则更为精炼：“誓扫匈奴不顾身，五千貂锦丧胡尘。

可怜无定河边骨，犹是春闺梦里人。”（《陇西行》）而李华所写“其存其没，家莫闻知；人或有言，将信将疑；悁悁心目，寝寐见之”，委曲深痛，几乎不可移减一个字，真乃文学家的真境界。在文章的末尾，李华提出“呜呼噫嘻，时耶命耶？从古如斯。为之奈何？守在四夷”，点明固守边疆而保家卫国的思想，反对开边黩武。

这篇文章乃以四言为主的骈赋，以吊祭文的形式，极力描摹自秦汉以来的边塞战事及其惨烈情状，以丰富的想象，反复铺陈，再现了古战场的激烈搏战之惨烈、戍边将士的心理活动、大战后的凄惨景象，读之，如临其境，悲辛酸楚。李华在吊祭古战场，而古战场“秦欤汉欤？将近代欤？”“从古如斯”——实际上古之战场即今之战场。杜甫《兵车行》说：“边庭流血成海水，武皇开边意未已。”“君不见青海头，古来白骨无人收。新鬼烦冤旧鬼哭，天阴雨湿声啾啾。”显然，李华在借古讽今，批评当代，有感而发，却非指一时一事，乃针对唐玄宗的黩武战争。只是过分渲染了战争的残酷性，情调过于感伤低沉，缺乏激昂的积极进取的情怀。

李华写文章，主张应该有益于“世教”——关乎世道人心，从而化人成俗。因此，一些有现实内容的文章，常常富于真情实感。如《与外孙崔氏二孩书》有曰：

> 八月十五日，翁告崔氏之子两孩省：吾出身入仕，行四十年。晚有汝母，已养汝二人矣。吾逮事裴氏、郑氏、崔氏诸姑、于氏堂姑，皆贤明淑哲，为内外师范。意欲与汝言之。裴氏姑恩慈，见吾一善，未尝不流涕祝吾成立；见吾伯仲书题，诲责疏略，话及旧事，云无此例。吾伯仲书题比今中外书题，其间疏密不啻百十也。吾小时犹省长幼，每日两时栉盥，起居尊行，三时侍食，饮食讫然后敢食。犹责不如礼。今者诸子日出高眠，争览盘器，何曾有此仪！世教如此，何得不乱。

李华以自己数十年的人生经历，来谆谆告诫崔氏二外孙，劝慰勉力，欲其养成优秀的品性、操守。李华说自己的诸位姑姑，“皆贤明淑哲，为内外师范”，见其一善行，未尝不流涕感动，劝勉其有所成立；见其兄弟书写题目疏略，及时批评矫正，而自己每天日常生活，皆遵守规矩，“犹责不如礼”。批评当今子弟“日出高眠”，不早起，争览器物，不守礼仪，颇有世道人心，今不如昔之感，“世教沦替，一至于此，可为堕泪”，“所见所闻，颓风败俗”。李华希望能够对崔氏二外孙有所劝勉，使其守礼仪，知荣辱，有操守，可见其用心所在。

李华开元二十三年中进士，开始进入仕途，史书说开元二十四年罢张九龄宰相之职，是盛唐进入衰败的转折点。此后，李林甫、杨国忠当政，权倾朝野，而唐玄宗亦无早年励精图治之心，政治衰败的阴霾已经笼罩于大唐的天空。李林甫居宰相之位十九年，诛锄海内英杰，构陷诬枉，无所不用其极。玄宗雄才豁达，任人不疑，受李林甫蒙蔽，自以为天下富足太平，以富贵自乐，事无大小，皆委任李林甫处置。李林甫阴险残忍，妬贤嫉能，然而爱憎皆不形于色，多诬陷贤良，进用小人，朝中大臣皆曰：李林甫"虽面有笑容，而肚中藏刀剑"，又说其"口有蜜，腹有剑"。宗室李适之擢宰相，李林甫害怕分割宰相权力，遂设计倾轧之，曰："华山之下有金矿，采之可以富足国家，皇上还不知道呢。"李适之遂从容上奏，玄宗很高兴，问李林甫此事如何，林甫说："臣知之久矣。华山，陛下本命所系也，王气所在，不可开掘。故臣不敢言。"李适之遂被玄宗冷落，遂束手无所作为。因此，李林甫威震海内，非其所引进者，皆以罪诛，而谏官只领俸禄，无人敢言事谏诤。有一个名叫杜中的谏官，犹在上书论事，李林甫将其贬斥出朝，并召集诸位谏官说：今皇帝圣明，群臣将顺从都来不及，何用多言！诸位难道没有见过仪仗队中的马匹吗？那些马匹终日无声，能够享受三品食料，一旦鸣叫，立即黜斥。虽欲再鸣，其可得乎？于是，谏官再也无人上书言事了。杨国忠继李林甫为相，继续专权，压制人才。

在这样的政治环境下，李华有感而发，作有《中书政事堂记》。记，古代一种文体，记载事物的文章。政事堂自唐高祖建国即设立，原设在门下省，后移至中书省，是宰相们议论和处理国家大事的地方，唐初的著名大臣如魏征、长孙无忌、裴炎等皆在政事堂议政，登上政事堂的人具有很高的政治地位和很大的权力，是朝廷政治清明与昏浊的晴雨表。有曰：

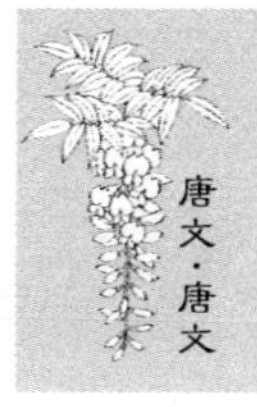

政事堂者，君不可以枉道于天，反道于地，覆道于社稷，无道于黎元，此堂得以议之。臣不可悖道于君，逆道于人，黩道于货，乱道于刑，尅一方之命，变王者之制，此堂得以易之。兵不可以擅兴，权不可以擅施，货不可以擅蓄，王泽不可以擅夺，君恩不可以擅间，私仇不可以擅报，公爵不可以擅私，此堂得以诛之。事不可以轻入重，罪不可以生入死，法不可以剥害于人，财不可以擅加于赋，情不可以委之于倖，乱不可以启之于萌，伐衅不赏，削衅不封，闻荒不救，见馑不惊，逆道自贤，违道伤古，此堂得以杀之。

此段文字，颇为峻急，义正辞严，论述政事堂的性质和职权：批评君王的过失，节制大臣，推行王道，治国安民。君王违背天之道，违反地之道，败坏治国之道，对百姓暴虐无道，在政事堂皆可以批评、矫正。政事堂对大臣而言，主要从三个方面节制其职权，规范其行为：一，对国君不忠不敬，对百姓残暴不仁，贪赃受贿、枉法峻刑而乱道；作为地方官而伤害百姓生命，更改国家法令，政事堂可以撤换其官职。二，不可擅自发动战事，不可滥用权力，不可擅自聚敛，不可擅自削夺君王的恩泽，不可随意诋毁、离间君臣关系，不可利用职权、官报私仇，不可擅自滥封官爵，如违犯此类规定，政事堂即可依法预以制裁。三，办理案件，不可轻罪判为重罪；以罪量刑，不可把活罪判为死刑；执法用法，不可枉法而害人；聚敛财货，不可随意增加赋税；有所爱好，不可托付亲信；祸乱败德，不可纵容、放任其萌芽发展；讨伐与削平叛乱，不可有功而不封赏；灾荒饥馑，不积极救济，无动于衷；违逆王道而自以为贤明，破坏古制，如有此类罪责，政事堂皆可以依法处死。文章讲述政事堂的职责、权力，清楚明白，层次井然。

而自古以来，宰辅大臣以身行道，不避杀身灭族之祸，在政事堂上行使职权，放逐不义，诛戮有罪，拨乱反正，行仁政王道，而利于社稷民生。如商朝伊尹放逐不守汤之法令的国君太甲，周朝之周公旦摄政而诛灭反叛的管叔、蔡叔，汉朝霍光废除淫乱的昌邑王刘贺而改立宣帝，唐朝狄仁杰使庐陵王即位而恢复唐朝命脉，皆乃政事堂上的壮举，有功于国家民生。而“君弱臣强之后，宰相主生杀之柄”，任意作为，而导致身败名裂者，历史上有很多显著的事例，即“列国有传，青史有名，可以为终身之诫”。

天宝年间，唐玄宗妄自尊大，掩蔽耳目，已无励精图治之心，宰相权力极度的恶性膨胀，李林甫、杨国忠权倾朝野，逐渐形成了君弱臣强之势，严重地影响了社会的稳定。李华论政事堂的职责和权力，又以古今以来宰辅大臣忠于职守和违反职守及其截然不同的结局，这正反两个方面的事例，目的在于对上匡正君王、对下节制大臣，使人们从宰相擅权而导致倾身祸败的不可胜数的历史教训中，汲取历史的教训。李华记政事堂，而所关注者乃在于整顿宰辅之权，从而恢复政事堂“匡君正臣”的正常秩序，使得政治重新走上正途。可见，文章的作用实在是很伟大的。前人评价《中书政事堂记》说：“此记峻洁严健，足称名笔，非后世时文语可及也。华之名迹，不甚大显，然此篇与《吊古战场文》，俱可传诵。”

切直恳挚，从容不迫

——颜真卿《论百官论事疏》与《与郭仆射书》

颜真卿

安禄山在幽州（今北京）训练兵卒，整顿军备，反叛之迹日益明显，而唐玄宗却对安禄山深信不疑，有言安禄山欲反叛者，皆被斥为不忠。平原郡（治所在今山东陵县）太守颜真卿观察其反状，遂积极备战，以防不测。因平原郡归属幽州节度使管辖，颜真卿遂以霖雨损害城池为借口，大肆修筑城池，以排兵布阵的要领而调动人马民伕，积极储备粮食。颜真卿表面上却每天大会文士，泛舟外池，饮酒赋诗。有人向安禄山密报，安禄山派人暗中侦察，以为颜真卿乃一介书生，不足为虑。不久，安禄山果然反叛，河朔全部沦陷，只有平原郡城池坚固，守备全面，而且颜真卿派人千里奔驰，向朝廷报告，并募集一万多勇士，守卫城池，坚决抵抗。唐玄宗初闻安禄山反叛，感叹曰："河北二十四郡，岂无一忠臣乎！"及接到颜真卿的报告，大喜曰："朕不识颜真卿形状何如，所为得如此！"安禄山攻陷东都洛阳，杀守将李憕、卢奕、蒋清，将三人首级送往平原，告知已经攻破洛阳，唐朝旦夕即将灭亡。颜真卿恐摇动军心民心，乃诈谓诸将曰："我识得此三人，这三个首级并不是他们。"遂斩杀安禄山使者，密藏三人首级，以安民心，坚决抵抗。当时，常山太守颜杲卿乃真卿从兄，亦坚守常山（今河北正定县），平原、常山两相响应，积极平叛。因为颜氏兄弟的坚守，《旧唐书·颜真卿传》说："土门既开，十七郡同日归顺，共推真卿为帅，得兵二十余万，横绝燕赵。"有力地遏制了安史叛军的进攻势力，为唐王朝积极平叛的军事行动，争取到了宝贵的时间。

大历元年（766年），元载为宰相。元载刚愎自用，迂腐而不通政务，又贪恋权势，任用亲信，打击不同政见者。元载专权，引用私党，惟恐朝臣议论其短，遂上

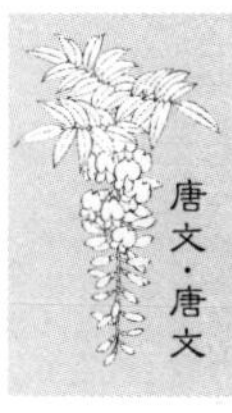

奏代宗皇帝:“百官凡欲论事,皆先白长官,长官白宰相,然后上闻。”代宗竟然应允了。如此以来,百官若有建议、意见,必须上奏长官,而长官再上奏宰相,元载实际上控制了朝廷全部的言论,皇帝则成了傀儡,形成权力的恶性膨胀,危害朝廷政治。鉴于此,为人刚正、遇事敢言的颜真卿乃上奏《论百官论事疏》,坦陈自己的政见。

文章开篇则说明论事之缘由:“御史中丞李进等传宰相语,称奉进止,缘诸司官奏事颇多,朕不惮省览,但所奏多挟私谗毁。自今论事者,诸司官皆须先白长官,长官白宰相,宰相定可否,然后奏闻者。”而后,文章展开论述,条理分明,层次井然。文章先说听闻此事件之反应:“臣自闻此语以来,朝野嚣然,人心亦多衰退。”其影响可谓巨大,如平地惊雷,舆论哗然。紧接着用“何则”一语提顿,引出逐层分析论理:

诸司长官,皆达官也,言皆专达于天子也。郎官御史,陛下腹心耳目之臣也,故其出使天下,事无巨细得失,皆令访察,回日奏闻。所以明四目,达四聪也。

论述其职责,乃皇帝的耳目之臣,旨在协助皇帝了解天下大事,而治国安民。而诸司不可直接奏事,乃皇帝自我屏蔽耳目,不能耳聪目明,何以治理天下呢?乃举《诗》《书》之例来论述,告诫皇帝应该亲闻亲览,明辨是非,“陛下舍此不为,使众人皆谓陛下不能明察,而倦于听览,以此为辞,拒其谏诤,臣窃为陛下痛惜之。”由此而举本朝的事例来论述:“臣闻太宗勤于听览,庶政以理。”听览,即纳谏、阅读文件。唐太宗很勤奋地亲自听取各方谏诤、处理朝政,而达到了“贞观之治”的盛世。当时有司(相关部门)规定,朝廷官员及百姓如有急事奏进,不许拦阻,以防“壅蔽”,因此天下之事,皆能下情上达,皇帝能够周知情伪。这是积极的有益于进行统治的,而消极的、反面的事例则是唐玄宗后期,怠于“听览”,遂使朝政日非,政局不稳:

天宝已后,李林甫威权日盛,群臣不先谘宰相奏事者,仍讬以他故中伤之,不敢明约百官,令先白宰相。又阉官袁思艺日宣诏至中书,玄宗动静,必告林甫。林甫得以先意奏请,玄宗惊喜若神,以此权柄恩宠日甚,道路以目,上意不下宣,下情不上达,所以渐致潼关之祸。皆权臣误主,不遵太宗之法故也。凌夷至于今日,天下之弊,尽萃于圣躬,岂陛下招致之乎?盖其所从来者渐矣。

李林甫专权,群臣奏事皇帝,如果不先向他汇报者,遂寻找借口中伤,使之离开朝廷,如此则李林甫之专权日益稳固。但李林甫仍然不敢明目张胆地要求百官奏事先禀告宰相,乃借助宦官袁思艺刺探玄宗的动静、想法,因此李林甫奏事,常常能够切中玄宗的心意,而玄宗惊喜若神,颇信任李林甫。这样,遂造成了李林甫威权日益巩固,道路以目,无人敢言,而上下之情不能通达,最终发生安史之乱,致使东都洛阳、西京长安皆失守。提醒代宗应该防微杜渐,此等祸败,"皆权臣误主,不遵太宗之法故也"。如今天下凋敝,国势衰弱,难道是代宗皇帝招致的吗?"盖其所从来者渐矣"——其祸根很早就埋藏下了,至今才全面暴发而已。这样的论述,将历史与现实联结一起,更从历史来探讨国家衰败的根源,确实能够发人深思。

文章接着从代宗皇帝的亲身经历和感受出发,论述安史之乱暴发以后的情形,探讨致乱之源。安史之乱初期,百姓尚未凋敝,平叛乱,恢复太平,有很大的机遇。当时宦官李辅国专权,宰相专政,不能励精图治,姑息养奸,"莫肯直言",因而没有处置好相关问题,致使已经归顺朝廷的军队又反叛,形势更为紧张,东都洛阳又被攻陷,"先帝(肃宗)由此忧勤,至于损寿。臣每思之,痛切心骨"。当此危难存亡之际,"陛下岂得不博闻谠言,以广视听,而欲顿隔忠谠之路乎?"很是惊悚人心,引人深思。文章于此则退一步,有理有据,劝说代宗勤于听览,曲尽委婉之意:代宗在陕州时,"奏事者不限贵贱,务广闻见",天下皆以为可以兴复太宗之盛世,"可翘足而待也";而君子"难进易退"——以进取为难,以谦退为易,朝廷鼓励进谏,尚且难以进谏,何况皇帝倦怠于政事,令宰相专进谏之事。两相对比,肯定代宗陕州时期的勤于听览,而委婉批评此时的怠倦。如果不及时改正,后果及其严重:

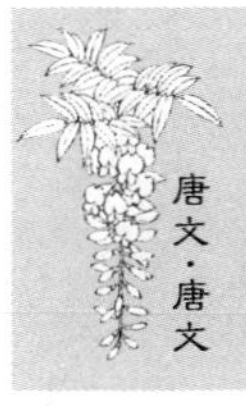

从此人人不敢奏事,则陛下闻见,只在三数人耳。天下之士,方钳口结舌。陛下后见无人奏事,必谓朝廷无事可论。岂知惧不敢进,即林甫、国忠复起矣。凡百臣庶,以为危殆之期,又翘足而至也。如今日之事,旷古未有。虽李林甫、杨国忠,犹不敢公然如此。今陛下不早觉悟,渐成孤立,后纵悔之,无及矣。

皇帝不勤于听览，则造成宰相专权，如李林甫、杨国忠那样的大奸大恶之人，钳制舆论、闭塞言路，遂造成天下万马齐喑，危亡则接踵而至矣。颜真卿于此还深刻地指出，即使李林甫、杨国忠那样奸猾之人，尚且不敢公然约制百官言事，而当今宰相如此行事，乃“旷古未有”，如不及早觉悟，皇帝很快就被孤立了，如此则败国亡家可翘足而待。所论虽不愤慨激切，但极其有胆识。劝谏皇帝勤于听览，而将批评的矛头直指宰相——宰相专权，钳制天下之口，对国家、君王的忠诚，对专权奸佞的勇敢斗争，表现得淋漓尽致，故而文章结尾说：“臣实知忤大臣者，罪在不测，不忍孤负（即辜负）陛下，无任恳迫之至。”果然不出所料，此疏上奏之后，宰相元载遂贬颜真卿为陕州别驾。

虽然如此，这篇疏奏，忠诚为国，切直恳挚，明白如话，从容不迫而无所畏惧，不有意作文，而自然成文，周详委婉，曲尽事情，可以说是知无不言，言无不尽。文章上奏之后，很得人心，被传写而名扬天下。颜真卿的直谏疏奏，乃是对唐初贞观以来直谏之文传统的继承，很有代表性。

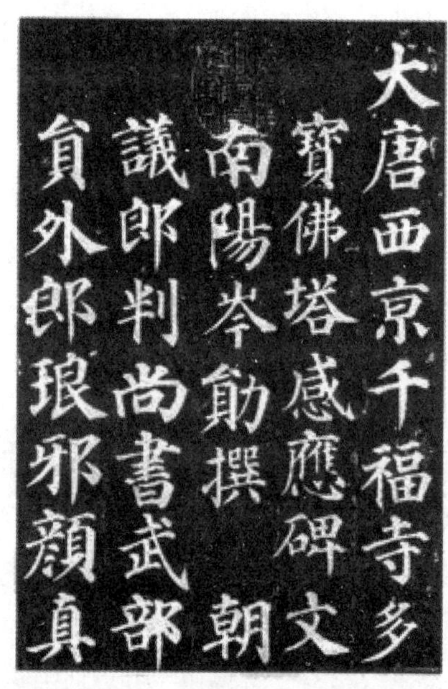

颜真卿书法

颜真卿有一篇《与郭仆射书》，是写给右仆射、定襄郡王郭英乂的一封信。郭英乂乃名将陇右节度使郭知运之子，因跟随肃宗收复两京，而得亲信，却常常放纵士卒，掠夺百姓，不爱惜民力。代宗继位，拜尚书右仆射，封定襄郡王，《旧唐书·郭英乂》说郭英乂“恃富而骄，于京城创起甲第，穷极奢靡，与宰臣元载交结，以久其权”。其时，郭英乂广交权贵，蔑弃礼仪，曲意奉迎、结交代宗亲信的大宦官、观军容使鱼朝恩。在一次宴会上，郭英乂巴结奉迎，置朝廷礼仪及律法于不顾，将鱼朝恩安排在最尊贵的座位上，阿谀逢承。颜真卿遂作此《与郭仆射书》，进行劝诫批评。文章首先从儒家所倡导的“三不朽”之立德、立功说起，郭英乂擢拜右仆射，封郡王，“今仆射挺不朽之功业，当人臣之极地，岂不以才为世出，功冠一时”，因此“身画凌烟之阁，名藏太室之廷”，“吁，足畏也”——感慨其足以让人敬畏。文章至此一转，说郭英乂“美则美矣，而终之始难。故曰满而不溢，所以长守富也；

高而不危，所以长守贵也，可不敬惧乎”——就是说，郭英乂“立功”可夸，而“立德”则显然不足，因此未必能长保富贵，并且引经据典，认为“行百里者半九十里，言晚节末路之难也”，希望郭英乂能够以“德”为先，为作表率。文章遂直接批评郭英乂“竟率意而指挥，不顾班秩之高下，不论文武之左右，苟以取悦军容为心，曾不顾百僚之侧目，亦何异清昼攫金之士哉”，说郭英乂的行为，简直就是清天白日之下公然抢劫他人财物，太不应该了。文章并且说，之所以如此直言不讳地批评，乃“君子爱人以礼，不闻姑息。仆射得不深念之乎”！进而从儒家礼仪、朝廷律法和本朝事例两个方面，详细论说宴会之座次问题，孔子讲益者三友、损者三友，希望郭英乂和鱼朝恩能为“直谅之友”，不要为“佞柔之友”。虽然是座次问题，看似事小，实际上所涉及的是礼仪、律令，朝廷的伦理道德、政治秩序（纲纪），不容小视。在颜真卿看来，“朝廷纪纲，须共存立。过尔隳坏，亦恐及身”，并且退一步说一旦皇帝震怒，批评败坏礼仪、律令，“则仆射其将何辞以对”？颜真卿能从小事上，见微知著，关乎国家伦理道德、政治秩序，难能可贵。文章平直中见真性情，明白如话，而又能切中要害，叙事说理，娓娓而谈，引人入胜。

可惜，郭英乂并未听从颜真卿之劝，不能“立德”，不能认识到“晚节末路之难”。郭英乂任剑南节度使（治所在今四川成都），肆行不轨，无所忌惮。成都道观中，有唐玄宗的黄金塑像以及乘舆侍卫图，历任节度使上任必先拜谒，而郭英乂喜欢该道观的风景，遂入居其中，而塑像及图画皆被毁，“见者无不愤怒，以军政苛酷，无敢发言”，又颇恣肆狂荡，奢侈挥霍，欺压百姓，“未尝问百姓间事，人颇怨之”，遂被其下属崔旰反叛而杀死了（《旧唐书·郭英乂传》）。由此亦可见，颜真卿所论座次问题并不是小事，而关涉了基本的品德和朝廷礼仪、律令。

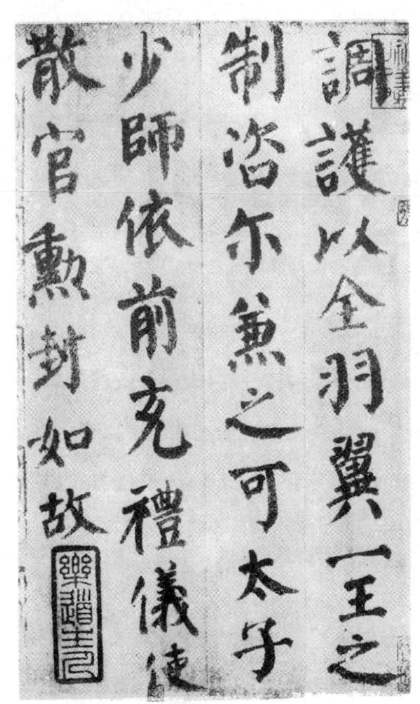

颜真卿书法

颜真卿服膺儒学，于书无所不读，即使在艰难流离中，亦手不释卷，为一代鸿儒，而且秉性纯正，为人刚直，不苟且，为国为民，勇于任事。唐德宗建中四年（783年），李希烈反叛，攻陷汝州，朝廷派颜真

卿为宣慰使，前往抚慰招降。颜真卿至淮右，李希烈的叛乱将卒千余人各露兵刃围观胁迫，叫嚣着要杀死颜真卿而食其肉，颜真卿不动于色。李希烈见状，遂以身遮蔽颜真卿，而斥退众将士，安置于馆舍，千方百计利诱，令颜真卿作章表谎报朝廷，使其能够拥兵自重，割据一方。李希烈许诺，一旦自己称帝，即让颜真卿作宰相，颜真卿义正辞严地怒斥说：这是什么宰相！你们听说过有个颜杲卿吧，那就是我的兄长。安禄山反叛，杲卿第一个起兵反抗，城破被执，诟骂不绝于口。我今年近八十，官至太师，坚守吾兄之气节，死而后已，岂能受鼠辈威胁利诱耶！李希烈遂拘禁颜真卿，令甲士十人防守，在庭院中掘坑方丈，名叫“坑颜”，颜真卿怡然读书，毫不介意。李希烈又在庭院中堆积材草，点烧后又浇上油，熊熊大火，烈焰迸射，威胁颜真卿——“如若不降，即刻烧死”，颜真卿神色自若地走向大火，李希烈急忙抱住，百般利诱，劝其不死。颜真卿名重一时，威望颇高，李希烈幻想如能劝降，将给其反叛割据带来诸多好处，从舆论上可争取社会的支持，所以百般利诱胁迫，然而皆不能奏效。颜真卿自度必死，乃作遗表，以备上奏德宗，又自为墓志、祭文，常常指着寝室的西墙下说：“此乃吾之殡所也。”兴元元年（784 年）八月三日，颜真卿被杀害，享年七十六岁。

颜真卿是文章大手笔，亦是著名书法家，真书、行书皆妙极天下，而其人品德、事迹颇可称述。颜真卿之文，文如其人，切直恳挚，明白如话，且从容不迫，无所畏惧；而字亦如其人，铁画银钩，尊严刚劲，饱满质朴，似其为人。欧阳修和曾巩都认为颜真卿之学问文章，往往杂有神仙佛教之说，说他受释老思想影响甚深。然而事实并非如此，颜真卿《泛爱寺重修记》说：“予不信佛法，而好居佛寺，喜与学佛者语。人视之，若酷信佛法者然，而实不然也。”颜真卿早年在福山寺读书讲学，比较喜欢佛寺的清雅环境和清静生活，避开世俗烦扰而能够一心向学，成年以后，亦喜欢这种清雅的环境，故而多有佛寺之游，喜欢与学佛者谈论。因此颜真卿认为，如果将他看作信奉佛教，并且宣扬佛教、佛法，以迷惑百姓，“则非知予者矣”。现在传世的颜真卿文章以及字帖，却多有神仙佛教之事，一方面是因为这类碑志多存于佛道寺观中，遂被珍藏而流传后世。另一方面乃借助神仙佛教之事，以抒发其对当时社会混乱、民不聊生现实的愤郁不平。

画坛奇才，文章圣手

——顾况《仙游记》与《莽墟赋》

顾况

顾况是个奇人，擅长绘画，而唐代画圣吴道子着色彩粉画轰动一时，有“吴带当风”之说，而顾况作画却与一般画家大不相同，每次绘画前，先将数十幅绢绸铺于地上，研好墨汁数升，调制好其他彩粉，使数十人吹奏音乐，有号角，有击鼓，另有百十人齐声大喊大叫。而顾况则穿着华丽的锦衣，头缠锦带，饮酒至半醉，而后绕着地上的画绢疾走数十圈，则取墨汁摊写于画绢上，然后再依次填写各种色彩。有时候，则以一条长巾饱蘸浓墨，一头放在所要画的绢上，让人坐在上面压住，而自己则拽着长巾的另一头，不停地摆动长巾，然后则以笔墨，随着长巾所点摆出的情状，画为山峰、山谷、平原、岛屿、树木等，无不形象逼真，观者感叹有鬼斧神工之妙。

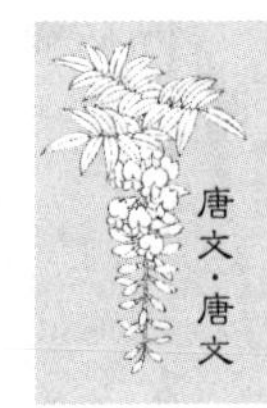

顾况如此绘画，其实是有师承的。顾况是苏州人，早年居于句容云阳（今江苏句容），三十岁以前，要求上司派他作新亭（在今南京市南面）监，也就是一个管理盐政税务的小官，而新亭盐场濒临大海。其实，顾况要求到新亭盐场是有目的的，当时有一个画家叫王墨，绘画很好，顾况想要拜他为老师，学习绘画。其实，王墨并不是他的真名，因为其擅长泼墨山水画，被人称为“王墨”，真名反而不为世人所知了。王墨游于江湖间，常画山水、松石、杂树，其人好酒，绘画时，常常先饮酒至大醉，即随意以墨汁泼洒，或大笑，或吟唱，用脚蹙踏，有手涂抹，或淡或浓，随其形状，画为山，画为石，画为云，画为水，应手随意，好似天然生成的一样。画出云霞，渲染成风雨，宛若神鬼之巧妙，绘画完成之后，画绢上却没有一点墨汁的污迹，很是奇异。

王墨作画的方式很奇特，“醉后，以头髻取墨，抵于绢画”，实乃以奇异的作画方式来借以激起内心不同凡响的艺术感受，表达其艺术的灵性。而作画“要见海中山水”，经受大海那惊心动魄的浪涛的感染、启迪，王墨深深体味到了大自然的神奇魅力，领悟到了艺术的灵性，所作画乃“落笔有奇趣”。可见王墨是一个性格狂狷、重视艺术体验的艺术家，在当时人们的眼中未免“奇”“怪”了。

顾况师从这样的艺术奇人，对艺术应该有比较深入的理解和体味。这与其个性喜好相关，也受其师王墨的感染和熏陶，顾况采取不同流俗的作画方式，比起其师来有过之而无不及。目的就在于以强烈的刺激激荡心灵，将内心的感悟、心灵的激情、对自然人生的体味，转化为一种艺术的表现，同时也是其精神的最为酣畅淋漓的挥洒。顾况“回环既遍，然后以笔墨随势开决为峰峦岛屿之状”，实际上就是表现了他那种与众不同的艺术颖悟，这样的绘画无疑是很流畅自然且具有无限的艺术魅力的。顾况的这种奇异的艺术表现，对其本人而言，是心灵自由的充分挥洒，艺术精神的自然流露；对他同时代的人而言，则清新其耳目，洗涤他们被流风时俗所蒙蔽的心灵，刺激他们的艺术灵性，活跃他们的思维，开阔他们的视野。

对绘画的嗜好，使顾况比普通人有着更为深刻、更为强烈的艺术体验。绘画时取境的角度，技巧、手法的运用，都要求从特殊的角度来处理，自然景物、人情世态，在他的心目中都是变换了视角后所得到的情境。王墨自创泼墨山水，顾况师从王墨，亦喜好泼墨山水，日常观察烟雨缥渺的海山，欣赏云霞卷舒、烟雨惨淡的景象，获得艺术的灵感，注重于创意的新颖、动笔的恢奇，发挥其泼墨的妙趣，而不以实写天然景物为务。这种水墨画的产生，实际上也是接受了高远而直截简明、具有洒落风韵余情的禅宗思想的影响，也接受了道教神奇想象的影响。它突破了盛极一时的写实画风藩篱，舍金碧画风而趋于水墨，弃严谨而求放逸，“外师造化，中得心源”，在放逸中肆意挥洒自己的情感。唐代的绘画理论家朱景玄把这种“非画之本法”“盖前古未之有”的崭新画风，不得不列为“逸品”。尽管朱氏尚不能界定“逸品”之内涵及特质，但已经昭示了水墨画的无穷生命力。突破写实，则意谓着新的绘画标准的确立——不仅仅求形似，而主要以“传神”为尚，要求突破客观具象的束缚而进入“气质俱盛”的境界，使得画家的主观精神、思想情感跃然纸上。

顾况是个追求精神自由不受礼法拘束的人，他的志向很高远。顾况又崇奉道教，脱略形迹，而且受道箓，成为真正的道教徒，曾经一度隐居于道教圣地茅

山(今属江苏),使其获得了很高的声名。当时宰相欲笼络顾况,将封赠他高官厚禄,顾况很是不屑,不愿意成为宰相博取声名的工具,遂作诗送给宰相:“四海如今已太平,相公何事唤狂生。此身还似笼中鹤,东望沧溟叫数声。”表达了追求自由的愿望。

顾况有一篇《仙游记》,写遇“仙”的故事。大历六年,温州人李庭入山伐树,山路幽深,遂迷而不归,越走越深幽,忽然看见了漈水——东越方言把瀑布叫作漈水,水势很大,千丈白练飞流直下,如万马奔腾,又如雷鸣山谷,令人心神为之摇曳。而山谷间彩虹飞跃,瀑布下似有烟岚升起,隐约听见人声和鸡犬鸣叫声,李庭很是好奇,遂攀越山岩,潜伏幽谷,曲曲折折,到瀑布的下面,有一深不可测的狭长岩缝,隐隐约约地透出一点光线来,断断续续地传来鸡犬的鸣叫:

> 寻声渡水,忽到一处,约在瓯闽之间,云古莽然之墟。有好田泉竹果药。连栋架险,三百余家。四面高山,回还深映。有象耕雁耘,人甚知礼。野鸟名鸲,飞行似鹤。人舍中唯祭得杀,无故不得杀之,杀则地震。有一老人,为众所伏。容貌甚和,岁收数百匹布,以备寒暑。乍见外人,亦甚惊异,问所从事,袁晁贼平未?时政何若?具以实告。

此地称为莽然之墟,田地肥美,万物繁盛,房屋整齐,有三百余家人。而四面高山环抱,自成一统,显然是一个世外的神仙之境。田野之上,象在耕田,雁在锄草,空中常常飞过似仙鹤的鸟儿。而且社会秩序很好,一老人为众人所尊重、敬佩,墟中人皆容貌和平,透露出生活的幸福和安适,没有历经风霜的艰难、苦涩,每年只收数百匹布,作为公共财产,以备万一,来抵御严寒。显然,这是一个陶渊明所向往的“桃花源”,人们不知秦汉,无论魏晋,过着自给自足的幸福安适的生活。李庭非常羡慕这样的生活,向往生活其间,遂请求墟中人允

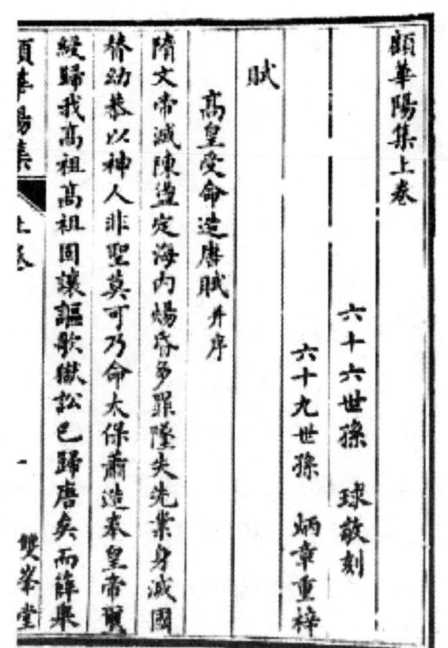
顧華陽集上卷
六十六世孫 球敬刻
六十九世孫 炳章重梓
賦
高皇受命造唐賦并序
隋文帝滅陳遂定海內煬帝多罪墜失先業身滅國
替勋恭以神人非聖莫可乃命太保肅迎來皇帝寶
綬歸我高祖高祖固讓謳歌獄訟已歸唐矣而薛舉
顧華陽集 上卷 一 雙峯堂

顾况《顾华阳集》

许其留下来，但被客气而委婉地拒绝了——“此间地窄，不足以容”。墟中人很礼貌地款待了李庭，李庭不得不辞别而出，但又很不甘心，遂“斫树记道”，留下了一路的标记，希望以后还能有机会找到原路。可惜李庭还家之后，又前往莽然之墟时，“及复前踪，群山万首，不可寻省”——以前所留的标记荡然无存，群山莽莽，再也找不见了。显然，这个“莽然之墟”和陶渊明的“桃花源”是一样的神奇，文章在写法上有着明显的模仿痕迹。在《桃花源记》中，武陵人捕鱼之时，如何偶遇，而得进入桃花源，桃花源中的情状、景况：“土地平旷，屋舍俨然，有良田美池桑竹之属；阡陌交通，鸡犬相闻。其中往来种作，男女衣着，悉如外人；黄发垂髫，并怡然自乐。”见到武陵人，“乃大惊，问所从来，具答之”，热情地款待了武陵渔人，而武陵人离开之时，也是处处作标记，最终并未能再入桃花源。在《仙游记》中，顾况只是将偶入莽然之墟者唤作李庭，而且是一樵夫，发现过程及墟中的情状，如同桃花源一样，只是多了一点神奇“象耕雁耘”“飞行似鹤”的野鹌，为众人所敬仰的一老人而已，而出墟之后的景况则全然一样。

顾况还有一篇文章《莽墟赋》，仍然写这一事件：大历年间，那位迷途者(李庭)偶然到达了莽然之墟。而四面巍峨的高山“去天无多”，环抱着莽然之墟，其中生长着灵草，幽深甘甜的泉水浇灌着良田，绝壁上倒挂着青松，石钟乳上滴沥着水珠，连片的房屋错落有致，而野火不焚，枯木相互戛摩，山脚下淙淙的流水声如同音乐一样动听，山顶上阳光普照，非常开阔，天空晴朗，彩霞飞流。顾况很是感慨：

> 何意万里之荒谷兮，有此数百家。此家何代，图记不载。为当去殷？为当避秦？商山老人，不为汉臣。岂知人情之险鄙，征税之愁辛。迷叟归到家，持辞不可陈。儿征防丁，女事东沤。神龙吟兮凤舞，莽墟之所，超逍遥以容与。

艳羡这个世外桃源，有此数百家之人。没有任何记载，他们是商朝的遗民，还是逃避秦之战乱呢？他们像商山四皓一样，不作汉朝之臣民。他们的生活很幸福，不知人情之险恶、卑鄙，不了解征税之愁苦辛劳，这实在是一个美好的生活之地。显然，顾况对安史之乱以后的社会动荡、民不聊生的现实颇为不满，徒有忧国之心、救民之志，却无济于世，向往那个没有战乱、徭役的安适生活，因而顾况以诗人的才情、道教的神奇想象，参照陶渊明《桃花源记》而创作了这个“仙游”的世界，表达了美好的社会、人生理想。

顾况有《高祖受命造唐赋》，称隋文帝创业垂统，建立隋朝，而炀帝昏聩，造成天下大乱，民不聊生，遂身死而国灭。群雄逐鹿中原，而最终归于李渊，建立唐朝。李唐成功的关键在于能够明德慎罚、应天顺民，故能成就帝业。文章乃歌颂李渊建国的伟大功业，却从隋朝不修仁德，遂致颠覆而说起；其次则论述唐朝修仁德、应天顺民而创业垂统，建立大唐帝国；最后则上告天帝，仁民爱物，方可传之无尽。显然，李渊之能得天下，并非受天命，实乃修仁政、爱百姓而成功，将颂圣之文写成了借鉴历史的教训。顾况有《上高祖受命造唐赋表》，论述进献此赋，乃针对“权臣上负明主，下负苍生，中遏贤路”的现实而发，考察总结从唐玄宗天宝年间以来的社会、民生现实，有感于“是非正邪，势不两立”，遂秉道守正而敢言直谏：“唐有天下，赋敛甚薄，刑罚甚宽，神人保和，鸟兽咸若。然而时有反侧逋逃之诛，得无因乎？”提醒朝廷应该及时认识到“当今”政治的不足、民生之凋敝，仁民爱物，方可传之久远。可见，顾况对朝政的敢言直谏，对仁民爱物，民阜物丰的社会的向往，是其撰写《仙游记》——理想“桃花源”社会的思想基础。

顾况亦擅长诗歌。相传，顾况在洛阳时，和二三诗友乘兴游览，不经意到了皇宫外的溪水边，水流淙淙，佳木葱茏，繁花生树，风景宜人，诸人遂坐于溪边欣赏美景，谈论诗书。小溪时有落叶随水飘过，顾况忽然发现，有一片大梧桐叶子上有字迹，捡拾上仔细看看，原来有人在上面题了一首诗：“一入深宫里，年年不见春。聊题一片叶，寄与有情人。”顾况对这个深居皇宫、虚度青春的女子深表同情，唏嘘不已。第二天，顾况走到了小溪的上游，也在大梧桐叶上题了一首诗：“花落深宫莺亦悲，上阳宫女断肠时。帝城不禁东流水，叶上题诗欲寄谁？”顾况很是希望这个多情而敏感的女子能够看到他的题诗，知道世间还有人在关注这样一个美丽而聪慧的生命。这个奇异的风雅故事，很快传遍了洛阳城。过了十多天，有人踏春，在溪水上捡拾到了题诗的梧桐叶，并送给了顾况。诗曰：“一叶题诗出禁城，谁人酬和独含情？自嗟不及波中叶，荡漾乘春取次行。”

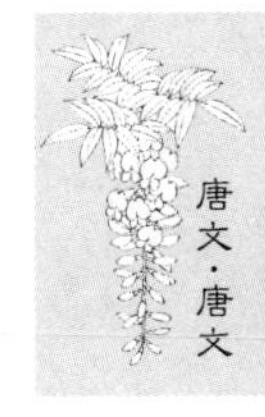

顾况秉性高洁，有思想，有才情，亦有经世济民的政治理想，正直且勇于任事，又能够不为世俗礼法所拘束，飘然有仙风道骨，是中唐时期著名的诗人、文章家、画家，又乐于奖掖人才，对白居易、皇甫湜尤为眷顾。韩愈弟子皇甫湜幼年在扬州孝感寺见到过顾况，顾况“披黄衫，白绢鞳头，眸子瞭然，炯炯清立”，望之如神仙，对皇甫湜多所鼓励、赞赏，使年少的皇甫湜感动不已。虽然此后未能再相见，当三十年后皇甫湜为顾况文集作序，还深情地追忆了当年的这一相遇。

提要钩玄，闳中肆外

——韩愈《论佛骨表》《原道》及《进学解》

韩愈

唐宪宗元和十四年（819 年）正月，秦岭正是寒风凛烈，大雪飘飞，封山迷路，行人稀少，蓝田关被风雪弥漫，不见其踪影。在这冰天雪地中，几个公差押解着一名犯官正艰难地跋涉，此人虽已是满头花发，但神情刚毅，且透着几分悲愤。他就是几天前上书宪宗皇帝谏迎佛骨的韩愈。此奏章极大地触怒了宪宗，要将韩愈处死，幸而裴度、崔群等大臣极力营救，才免去死罪，贬至潮州（今属广东），即刻离开长安。

正当韩愈在大雪中艰难跋涉时，他的侄孙韩湘从长安一路追赶着来为其送行。家人也受牵累被逐出长安，同赴潮州。韩湘送来了韩愈的家人，而病重的小女儿，也被驱逐出来，在刺骨严寒中冻得瑟瑟发抖。大雪纷飞，千里冰封，严寒刺骨，而自己忠贞为国，为民请命，却落得如此下场。此情此景，让已年届五十二岁的韩愈感慨不已，而且潮州地处边僻，卑湿多瘴气，此去能否活着再回中原，实难预料，但他终不后悔。郁积满怀的韩愈脱口便咏出了一首诗：

> 一封朝奏九重天，夕贬潮州路八千。欲为圣明除弊事，肯将衰朽惜残年！云横秦岭家何在？雪拥蓝关马不前。知汝远来应有意，好收吾骨瘴江边。

这就是著名的《左迁至蓝关示侄孙湘》，苍凉悲壮，感发人意。韩愈一行人冲风冒寒，翻越过秦岭，在商山南面的层峰驿，年仅十二岁、正在生病的小女儿因惊吓、寒冻而死，韩愈伤心欲绝，草草将爱女埋葬于山脚下，树了一个标记，题诗曰:“数条藤束木皮棺,草殓荒山白骨寒。惊恐入心身已病,扶舁沿路众知难。绕坟不暇号三匝,设祭惟闻饭一盘。致汝无辜由我罪,百年惭痛泪阑干。”牵累致使小女儿不幸早夭,韩愈陷入了深深的自责。五年之后,即长庆三年(823年)十月,韩愈官拜京兆尹,始有能力将女儿的坟墓迁葬于河阳(今河南孟州)之韩氏墓地。为此,韩愈写了祭文和圹铭。说自己因论佛骨表一事,被贬官潮州:“愈既行,有司以罪人家不可留京师,迫遣之。女挐年十二,病在席,既惊痛与其父诀,又舆致走道,撼顿失食饮节,死于商南层峰驿,即瘗道南山下。”而祭文更是写得深情,痛切心骨:

> 昔汝疾极,值吾南逐。苍黄分散,使女惊忧。我视汝颜,心知死隔。汝视我面,悲不能啼。我既南行,家亦随谴。扶汝上舆,走朝至暮。天雪冰寒,伤汝羸肌。撼顿险阻,不得少息。不能食饮,又使渴饥。死于穷山,实非其命。不免水火,父母之罪。使汝至此,岂不缘我!草葬路隅,棺非其棺。既瘗遂行,谁守谁瞻?魂单骨寒,无所托依。人谁不死,于汝即冤。我归自南,乃临哭汝。汝目汝面,在吾眼傍;汝心汝意,宛宛可忘!

对爱女死于非命的痛惜,对荒骨寒泉中女儿的欠疚,对自己不能尽到父亲爱护之意的自责,韩愈真是伤心欲绝了。但无论如何,韩愈绝不后悔上书论佛骨之事。

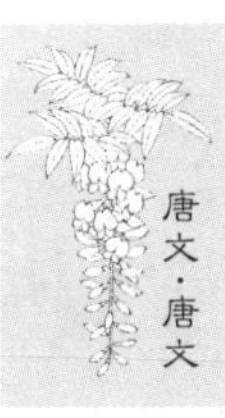

凤翔法门寺有护国真身塔,塔内有释迦牟尼佛指骨一节,称舍利子,僧众供奉,民间亦颇信仰。据说,每三十年开启一次护国真身塔,供养舍利子,则五谷丰登,百姓安泰。唐宪宗任用宰相裴度为淮西宣慰处置使兼彰义军节度使,率大军围剿淮西吴元济的叛乱,令韩愈为行军司马,襄赞军务。裴度指挥有方,遂活捉吴元济,押往长安,戮于太庙,平定了淮西藩镇之乱。此次战役,显示出朝廷平叛的能力和决心,对各个藩镇有很强的震摄作用,各藩镇遂表示要效忠朝廷,听从朝廷调遣,服从中央王朝号令。这样,割据数十年的藩镇有所收敛,朝廷遂达到了表面上的统一,而宪宗亦被臣下誉为“中兴”英主。于是,唐宪宗不禁志得意满,沾沾自喜。为求长生不老多做几年太平天子,他派宦官杜英奇押宫人三十人,持香花前往凤翔法门寺,迎佛骨舍利子入皇宫,在宫中供奉三日。结果整个长安为之轰动,王公士庶奔走赞叹,争相布施钱物,以至破产废业,更有甚者则或以刀剺面,或自残肢体以为“供养”,举国若狂,大量糜费国家财物。而“群臣不言其非，御史不举其失”，在此情况下，韩愈挺身而出，上《论佛骨表》，力谏其非。

文章开篇则给“佛”定性：“臣某言：伏以佛者夷狄之一法耳。自后汉时流入中国，上古未尝有也。”指出佛乃外夷之一法，并非中国之本土所产，因此并不值得信奉。针对宪宗奉佛以求长生的心理，指出自黄帝以来，帝王大都长寿，在位时间很长久：“此时天下太平，百姓安乐寿考，然而中国未有佛也。”从殷商到周穆王，天下虽不能如黄帝以来的太平、百姓安乐寿考，但帝王皆享年长久：“此时佛法亦未入中国，非因事佛而致然也。”自东汉明帝时，佛法传入中国，汉明帝在位才十八年，“此后乱亡相继，运祚不长。宋齐梁陈元魏以下，事佛渐盛，年代尤促。”其中，梁武帝最为信奉佛，三次舍身入寺，虽在位四十八年之久，但最后因侯景之乱，被饿死在台城，国家亦随之灭亡。梁武帝信奉佛，本为求福，却很快地得到了祸殃。因此，两相对照，文章得出结论：“佛不足事，亦可知矣。”宪宗畏死，祈求长寿，文章从上古无数长寿天子说起，为宪宗指出迷信，祈求长寿，并非是信佛所能获得的。佛法盛行之后，自汉至梁，却无长寿天子，梁武帝长寿，却最终遭受横祸而死，国亦灭亡，由此亦可见信佛而祈求长寿的效验了。文章始终为世俗信佛即能长生而论说，阐明祸福寿夭，皆与是否信佛无关。

其次，文章则从高祖李渊说起，李渊建国之初，欲废佛法，而“当时群臣材识不远，不能深知先王之道、古今之宜，推阐圣明，以救斯弊，其事遂止”，只有宪宗即位以来，尊奉先王之道，推阐儒学，“不许度人为僧尼道士，又不许创立寺观”，以为能够继承高祖的宏大志业；纵使不能立即实行，岂可大肆信佛？从本朝说起，上而援引高祖之训令，下乃征用宪宗之诏书，指出宪宗之矛盾，使宪宗置于无可回旋的地步。又退后一步，用婉转之笔，给宪宗留有余地，希望宪宗能够有所回转。

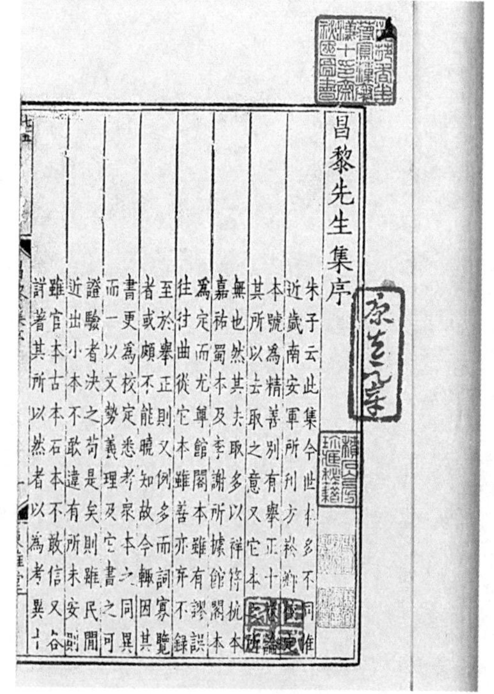

昌黎先生集序

朱子云此集今世本多不同惟
近歲南安軍所刊方氏
本號為精善別有舉正十卷論
其所以去取之意又它本之所
無也然其去取多以祥符杭本
嘉祐蜀本及李謝所據館閣本
為定而尤尊館閣本雖有謬誤
往往曲從它本雖善亦棄不錄
至於舉正則又例多而詞寡覽
者或頗不能曉知故今輒因其
書更為校定悉考衆本之同異
而一以文勢義理及它書之可
證驗者決之苟是矣則雖民間
近出小本不敢違有所未安則
雖官本古本石本不敢信又各
詳著其所以然者以為考異十

韩愈文集

以下则指陈奉迎佛骨之错误：“今闻陛下令群僧迎佛骨于凤翔，御

楼以观，舁入大内，又令诸寺递迎供养”，韩愈却又很委婉地说，大概并不是宪宗皇帝信奉佛，只是年丰人乐，曲从百姓之心意，为京城的百姓、士大夫“设诡异之观，戏玩之具耳”——设置一件奇怪的玩具罢了，因为圣明之君王是不会信奉的。文章指出，虽然如此，但以天子之尊，会令百姓误解而影响于一时：

> 然百姓愚冥，易惑难晓，苟见陛下如此，将谓真心事佛。皆云：“天子大圣，犹一心敬信；百姓何人，岂合更惜身命！”焚顶烧指，百十为群；解衣散钱，自朝至暮；转相仿效，惟恐后时；老少奔波，弃其业次。若不即加禁遏，更历诸寺，必有断臂脔身以为供养者；伤风败俗，传笑四方，非细事也。

批评宪宗，又似为宪宗开脱，写得很是委婉，但亦写出了信奉供养的情状及其恶劣影响。佛教供养，或给寺院施舍钱财，或亲服劳役修建寺观，劳作于庙田，或焚香烧指，或砍下臂膀、一块一块地割下身上的肉以供奉于佛。韩愈认为，此类行为，既妨碍正常的生产生活，也伤风败俗，因而主张坚决禁止。

其三，韩愈指出佛乃夷狄之人，其语言、衣服皆不同于中国，“口不言先王之法言，身不服先王之法服，不知君臣之义，父子之情”，如果现在佛活在世上，奉其国君之命来朝见，宪宗也只是在宣政殿接见一下，给予必要的接见礼节，赏赐一件衣服，护送出境罢了，不令其妖言惑众。而今佛死已久，“枯朽之骨，凶秽之余”，难道应该迎进皇宫？

> 今无故取朽秽之物，亲临观之，巫祝不先，桃茢不用，群臣不言其非，御史不举其失，臣实耻之。乞以此骨付之有司，投诸水火，永绝根本，断天下之疑，绝后代之惑，使天下之人知大圣之所作为，出于寻常万万也：岂不盛哉！岂不快哉！

而今皇帝亲临观看佛骨，群臣三缄其口，不言其过失，韩愈遂提出坚决的处理意见，将佛骨投之于水火，从根本上永绝后患，以昭示宪宗之圣明，并且勇敢地说：“佛如有灵能作祸祟，凡有殃咎，宜加臣身；上天鉴临，臣不怨悔。”韩愈那种敢于任事、自信刚正、一往无前的浩然正气，真是光焰万丈。可以说，《论佛骨表》一文，能言人之所不敢言，为天下之至文，直臣刚正不阿之气跃然纸上。穆宗长庆年间，韩愈为京兆尹，以前在京城为所欲为的皇帝御林军不敢犯法，私下相互说：这人连佛舍利子都敢烧毁，谁人哪敢在他手下犯法呢！

《论佛骨表》一文的关键在于"事佛渐谨，年代尤促"八个字上，宪宗奉佛骨，目的在于祈求长寿，而韩愈却指出从来事佛者皆短寿，宪宗如何能不恼怒？说："(韩)愈言我奉佛太过，我犹为容之。至谓东汉奉佛之后，帝王咸致夭促，何言之乖刺也！愈为人臣，敢尔狂妄，固不可赦！"幸亏裴度、崔群等王公大臣极力营救、开脱，韩愈才被贬出朝廷，留下性命为潮州刺史。

韩愈畅论佛骨，是与其一生的思想密切相关的。韩愈《原道》一文，排斥佛教、老子之说，阐明儒学之道。韩愈指出，所谓"道"，"尧以是传之舜，舜以是传之禹，禹以是传之汤，汤以是传之文、武、周公，文、武、周公传之孔子，孔子传之孟轲，轲之死，不得其传焉。"韩愈构建了"道"的传授系统，并隐然以孟轲以来道统的直接继承人自居。儒学之道，乃先王之教：

> 博爱之谓仁；行而宜之之谓义；由是而之焉之谓道；足乎己，无待于外之谓德。其文《诗》《书》《易》《春秋》，其法礼乐刑政，其民士农工贾，其位君臣、父子、师友、宾主、昆弟、夫妇，其服麻丝，其居宫室，其食粟米果蔬鱼肉：其为道易明，而其为教易行也。是故以之为己，则顺而祥；以之为人，则爱而公；以之为心，则和而平；以之为天下国家，无所处而不当。

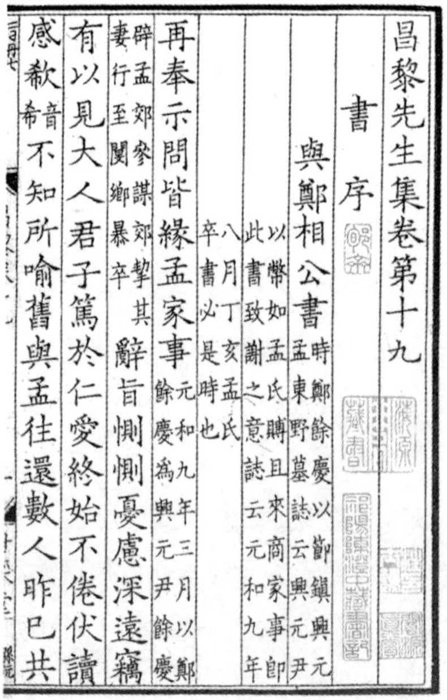

宋咸淳刻本《韩昌黎文集》

韩愈认为，仁义乃道德的具体内涵，而"道"表现于文字，就是儒家《诗》《书》《易》《春秋》等经典，表现于法乃为礼乐刑政，表现于民则为士农工商，表现于人伦关系，则为君臣、父子、师友、兄弟、夫妇等。道，也就是使社会众生能够正常生产、生活，日益走向人类理性的根本原则，是从人类的历史发展中自然而然形成的：

> 古之时，人之害多矣。有圣人

者立，然后教之以相生养之道。为之君，为之师，驱其虫蛇禽兽而处之中土。寒，然后为之衣，饥，然后为之食；木处而颠，土处而病也，然后为之宫室。为之工，以赡其器用；为之贾，以通其有无；为之医药，以济其夭死；为之葬埋祭祀，以长其恩爱；为之礼，以次其先后；为之乐，以宣其壹郁（抑郁）；为之政，以率其怠倦；为之刑，以锄其强梗。相欺也，为之符玺、斗斛、权衡以信之；相夺也，为之城郭、甲兵以守之。害至而为之备，患生而为之防……如古之无圣人，人之类灭久矣。

圣人教人相生养之道，树立君、师来教导，为之制衣食而抗饥寒，为之建造房屋，以避免居于树上而摔伤，居于地穴而生病，并且制定礼乐刑政，使人类社会组织有所约束而秩序井然，便于社会进入良好的发展途径，使人人皆能生存发展。所以，韩愈感慨，如果没有圣人则“人之类灭久矣”。可见，韩愈所提倡的“道”，乃关乎社会人伦发展的根本，也是日常生产生活不可离弃的。所可惜者，在后来的发展中，背离了圣人之“道”，则会妨碍人类社会的正常秩序和发展，即：“周道衰，孔子没，火于秦，黄老于汉，佛于晋、魏、梁、隋之间，其言道德仁义者，不入于杨（朱），则入于墨（子）；不入于老（子），则入于佛。”因此，韩愈要辟佛老，使圣人之道昌明。老子之徒，离弃仁义而讲道德，乃一己之私言；佛教则离弃君臣、父子之人伦关系，抛弃了相生养之道，以追求自己的所谓清静寂灭。佛老皆淆乱圣人之道，破坏社会秩序，又成为社会的额外负担，因为在传统的士农工商四民之外的佛教之徒皆不事生产、只是消费。因此，韩愈主张“人其人，火其书，庐其居”——使佛老之徒恢复为四民之一，阐明先王之道来教导，变成社会的有用人才。

恢复儒道，是韩愈一生奋斗的事业。韩愈贞元初为四门博士，元和初为国子博士，训导太学生，担任了比较长时间的教育工作。元和八年（813年），韩愈作《进学解》，以师生对话的形式，抒发其怀才不遇的怨怼无聊不平之气。文章开篇以国子先生入太学而训导学生，朝廷选拔人才不拘一格，勉励学生专心向学：

国子先生晨入太学，招诸生立馆下，诲之曰：“业精于勤荒于嬉，行成于思毁于随。方今圣贤相逢，治具毕张，拔去凶邪，登崇俊良。占小善者率以录，名一艺者无不庸；爬罗剔抉，刮垢磨光。盖有幸而获选，孰云多而不扬。诸生业患不能精，无患有司之不明；行患不能成，无患有司之不公。”

老师谆谆告诫，劝勉学生进德修业，努力学习——学业由于勤勉而精进，由于嬉戏而荒废；品行由于思考而完成，由于随意而毁弃。而今君王圣明宰相贤达，一切治理工作皆已开展，贬斥小人，而选拔贤良君子，凡有一小善、一才艺者皆被拔擢任用。诸生只要讲求学业、砥砺品德，有司（相关部门）皆可以开明公正地选拔。国子先生之态度颇为诚挚恳切，语气亲切平和，将一个可敬可爱的先生形象描摹如画。

而文章紧接着以学生的反驳来展开：“言未既，有笑于列者曰：先生欺余哉！弟子事先生有年矣！”人物未出场而先声夺人，亦见出师生关系之熟稔、融洽以及相知之深，更见出学生对国子先生讲话的不以为然。而这种近似于无礼貌的言行，则反衬出国子先生沉沦下僚的抑郁不平。该学生全面而高度地评价国子先生的成就：

> 先生口不绝吟于六艺之文，手不停披于百家之编；记事者必提其要，纂言者必钩其玄；贪多务得，细大不捐，焚膏油以继晷，恒兀兀以穷年：先生之业可谓勤矣。觝排异端，攘斥佛老，补苴罅漏，张皇幽眇；寻坠绪之茫茫，独旁搜而远绍，障百川而东之，回狂澜于既倒：先生之于儒，可谓有劳矣；沈浸醲郁，含英咀华，作为文章，其书满家。上规姚姒，浑浑无涯；《周诰》《殷盘》，佶屈聱牙；《春秋》谨严，《左氏》浮夸，《易》奇而法，《诗》正而葩；下逮《庄》《骚》，太史所录，子云相如，同工异曲：先生之于文，可谓闳其中而肆其外矣。少始知学，勇于敢为；长通于方，左右具宜：先生之于为人，可谓成矣。

从四个方面来高度评价国子先生：学业之勤，儒学之贡献，文章之美妙，为人之“成”。儒学贡献，乃指对道统的发扬与继承；文章美妙，乃指内容丰沛而文采斐然；为人之成，则指达到了儒家“成人”的标准，拥有独立、自主的处事能力。这四个方面，皆与前文国子先生的训导相应——先生乃其所树立标准的典范，可谓言与行合一。可惜，先生之遭遇并不好：“公不见信于人，私不见助于友”，动辄得咎，又被贬官南方，任国子博士，没有什么成就；就家庭而言，不能谋得生活之资，使妻儿免于饥寒；虽勤奋地进德修业，至死却未必有什么益处。“不知虑此，而反教人为”一语，斩截有力地为先生之不公平待遇，而申述，而抱不平。

面对学生的反驳，先生则心平气和地劝慰、辩解：匠人之建造房屋，大木细木，各得其宜；医师之用药治病，补药、泄药等各种药材，各有其妙用，而类比推导出宰相之选拔人才，惟才是用，乃其高明之处。而且，如孟子、荀子两位大儒，“吐辞为经，举足为法”，接近圣人的领域了，犹且遭遇坎坷。何况先生自己“学虽勤而不繇其统，言虽多而不要其中，文虽奇而不济于用，行虽修而不显于众”，况且每月有俸禄，妻儿老小不从事生产劳动，自己尚能“乘马从徒，安坐而食”，读书立说，没有什么创造，而君王宰相并没有排斥，已经是很幸运了。“动而得谤，名亦随之，投闲置散，乃分之宜”——每有举措，则有诽谤，要知道名声亦随着诽谤而传播四方；被放置在闲散的职位上，却是分内之事，没有什么冤屈不平的了。

这篇文章，是韩愈一篇名文，是在指责宰相不能合理使用人才，有大材小用的怨怼。文章善于构思，先以老师的身份劝慰学生进德修业，中间以学生的口吻句句反驳，末段又以老师的口吻句句解释、开脱，自咎自责，很是得体，而前后照应，颇为绵密周详。而且文章的语言流畅，气势充沛，如长江大河，滔滔直下，令人赏爱。文章的妙处在于，将自己的一腔不平抑郁怨怼，全然借他人之口说出，而自己却心平气和地劝解，看似无叹老嗟卑之意，然有叹老嗟卑之心，全篇处处皆有。当时宰相看到这篇文章，很是赞赏韩愈的才能，遂将其拔擢为史馆修撰。

镇州叛乱，杀其帅田弘正，朝廷出征，并未取胜，遂以王廷凑为节度使。妒忌韩愈者遂向穆宗建议，派韩愈出使镇州，宣示朝廷敕命，并劝说王廷凑服从于朝廷。韩愈受命前行，而元稹说：韩愈可惜了。以前颜真卿受命出使而被叛军所杀，恐怕韩愈不可能活着回来了。穆宗听后，也觉得不妥当，遂派使者前去，追回使命。韩愈说：“安有受君命而滞留自顾？”遂急驰而入镇州。王廷凑率甲士拔刃弦弓矢以迎之，韩愈不为所动，坦陈利害，晓之以情，动之以礼，遂使王廷凑归附朝廷。故而苏轼《韩文公庙碑》高度评价韩愈：“文起八代之衰，而道济天下之溺；忠犯人主之怒，而勇夺三军之帅。”概括了韩愈一生的传承儒学道统的文化事业，以及谏迎佛骨和出使镇州消弭叛乱的功业。

不拘格套，郁勃雄劲

——韩愈《张中丞传后叙》与《与孟东野书》

一

安禄山从范阳起兵反叛，浩浩荡荡地杀向洛阳、长安，想一举占领东都、西都，灭亡李唐王朝。蒲州河东人张巡为真源（今河南鹿邑）县令，乃与睢阳太守许远合兵一处，固守睢阳（今河南商丘），以抗拒安禄山叛军，迟滞其进攻，为李唐王朝积极组织平叛赢得时间，同时也从精神上鼓励士大夫及百姓的心劲，坚定抗战决心。而且，睢阳是江淮地区北面的屏障，守住睢阳，即可以遮蔽江淮，使安史叛军不得南侵，从而保证东南财赋之地的稳定，为唐王朝平定叛乱提供坚实的物质基础。

韩愈

睢阳之战，极其艰苦，安禄山派大将尹子奇围攻。当时，安禄山已经攻下了洛阳，形势非常危急，而睢阳城外无援军，内无粮草，坚守经年，城中草木皆已吃尽，人们易子而食，仍然坚守孤城。睢阳城初围之时，逃到成都的唐玄宗听到张巡、许远坚守睢阳城的壮举，很是感动，加张巡金吾将军的官爵。张巡有《谢加金吾将军表》，表达自己对朝廷的忠心："想峨眉之碧峰，豫游西蜀；追绿耳于悬圃，保寿南山。"念兹在兹，不忘逃往西蜀的玄宗，祝愿其寿比南山，并且说："臣被围四十七日，凡一千二百余阵。主辱臣死，当臣致命之时；恶稔罪盈，是贼灭亡之日。"其忠勇之心，天日可鉴。为了激励将士坚守孤城，英勇抗战，赋诗："接战春来苦，孤城日渐危。合围侔月晕，分守效鱼丽。屡厌黄尘起，时将白羽挥。裹疮犹出阵，饮血更登陴。忠信应难敌，坚贞谅不移。无人报天子，心计欲何施？"实际上睢阳太守乃许远，许远官职高于张巡，自认为是文人，不谙熟兵法，不能有效地指挥战斗，遂将军政之权让给张巡，让张巡全权指挥睢阳城的一切军政，自己甘愿居于张巡之下，积极配合张巡的一切工作。此种让贤任能，不争名利，全心全意为国家的品德，令人感佩。张巡每次出战，大呼杀敌，眦裂血流，齿牙皆碎，将士为之激励，敌人为之胆裂。

睢阳城被围之初，城中约三四万人，城破之后仅有三千余人，其惨烈可以想见。城破，张巡被执，贼将尹子奇说：张巡每战则啮齿叱咤，齿牙尽碎，何至于此呢？张巡说："吾欲气吞逆贼，但力不遂耳。"尹子奇遂以大刀撬开张巡之口，仅见三五颗牙齿存留，张巡大骂："我为君父之义而死，尔等逆贼，岂能长久哉！"遂被杀。许远亦被俘，被押运到洛阳，遂被害。肃宗、德宗之时，张巡、许远皆被褒奖，赠予子孙官爵，而两家子弟受人挑拨离间，遂互相攻讦，致使事情真相难明。其时有议论，以为张巡困守睢阳孤城，以使人相食，何不弃城而逃，以保全睢阳孤城中的生命。文人李翰乃张巡之友人，遂写有《张巡传》，表彰张巡坚守睢阳孤城，乃"全天下之功"——即困守孤城睢阳，使安史叛军无法越过江淮，遮蔽东南财赋之地不受侵袭，从而保全了天下，因此众议遂息。而《张巡传》中，并没有为许远立传，也未能叙写许远事迹，遂愈混淆视听，使忠臣义士在死后蒙受诟病。有感于此，韩愈遂采摭遗事，明辨是非，写成《张中丞传后叙》一文。

文章开篇则叙其写作缘由："元和二年四月十三日夜，愈与吴郡张籍阅家中旧书，得李翰所为《张巡传》。翰以文章自名，为此传颇详密，然尚恨有阙者：不为许远立传，又不载雷万春事首尾。"因此，韩愈要写这篇文章，明辨是非，补叙李翰《张巡传》之不足，将张巡、许远、雷万春、南霁云等睢阳抗拒安史叛军之事迹撰写出来，彰显其舍生取义报国之心、坚守睢阳的意义，以矫正视听。

许远和张巡一样忠义，因此，文章首先明辨许远以身许国之忠义，以死而报国：许远之才能似乎比不上张巡，但许远主动邀约张巡，共同守卫睢阳抗拒叛军，许远"位本在巡上，授之柄而处其下，无所疑忌，竟与巡俱守死、成功名"，城破之后被俘，不屈而死，与张巡死的时间先后不同罢了。批评张、许两家子弟才智不高，不能全面深刻地理解张、许二位的志向，以为张巡城破不屈而死，许远被俘，遂怀疑许远怕死，而向逆贼屈服。文章指出，许远如果怕死，何苦坚守睢阳孤城，食绝粮尽而抗拒叛军呢？何况，当初睢阳被围之时，外无援军，叛军"以国亡主灭"相欺骗、引诱，劝许远投降。而许远"见救援不至，而贼来益众，必以其言为信"，何况外无援军尚且死守城池，"人相食且尽"，即使愚昧之人也能够知道时日无多，必然死去，由此可知，"远之不畏死亦明矣！乌有城坏，其徒俱死，独蒙愧耻求活，虽至愚者不忍为”，何况许远这样的贤能之士呢！

针对另一种意见——叛军是从许远所守卫的地段攻陷睢阳城的，以此来诟病许远，韩愈说“此又与儿童之见无异”。如同人之病死，必然是五脏六腑先受其病；绳子被拉断，必然要有一个断绝的地方；睢阳城围困经年而被攻陷，绝不能归咎于哪个地方被攻陷。如此不通达事理，文章感慨说：“小人之好议论，不乐成人之美，如是哉！”有人以为，张巡、许远就不应该坚守睢阳。文章以为，当坚守睢阳抗拒叛军之初，哪能料想到不会有人来救援；坚固的睢阳城池不能坚守，即使逃避到其他地方，也将不能坚守；弃城而逃遁，食绝粮尽、伤残之将士，将向何处逃遁呢？这几种情况及其最终结果，以张巡、许远的贤明，恐怕分析得很清楚了。于是，文章从总体上来评价张巡、许远睢阳抗拒叛军的意义：

守一城捍天下，以千百就尽之卒，战百万日滋之师，蔽遮江淮，阻遏其势，天下之不亡，其谁之功也！当是时，弃城而图存者，不可一二数；擅强兵坐而观者，相环也：不追议此，而责二公以死守，亦见其自比于逆乱，设淫辞而助之攻也！

彰显睢阳抗战的意义，在于遮蔽江淮，阻遏了叛军的进攻势头，既保护了江南财赋之地不受侵扰，也为朝廷积极组织平叛争取到了时间，使得天下不灭亡，张巡、许远的功业是很伟大的。文章并因此而批评不救援睢阳、弃城逃遁者，也批评妄议张、许二公及睢阳抗战者，他们是“自比于逆乱”，和叛军一样可恶。

明辨是非，矫正视听之后，文章记述了张巡、许远等人的佚事，以补李翰《张巡传》之不足。韩愈道经汴徐二府之间，亲自祭拜了供奉张巡、许远的“双庙”，听到老人叙说的张巡、许远佚事。睢阳城被围困，派南霁云向贺兰进明求援：“贺兰嫉巡、远之声威功绩出己上，不肯出师救。”而且喜欢南霁云之勇且壮，强行挽留，陈设美食、音乐：

霁云慷慨语曰：“云来时，睢阳之人不食月余日矣！云虽欲独食，义不忍；虽食，且不下咽。”因拔所佩刀，断一指，血淋漓，以示贺兰。一座大惊，皆感激为云泣下。云知贺兰终无为云出师意，即驰去，将出城，抽矢射佛寺浮图，矢著其上砖半箭，曰：“吾归破贼，必灭贺兰，此矢所以志也！”

真是英雄肝胆俱张，叱咤风云的忠义、豪情。韩愈说，贞元年间途经泗州时，看到了南霁云射在佛寺塔上的那支箭，“船上人犹指以相语”。睢阳城破，张巡将要被斩，叛军劝降南霁云，张巡呼南霁云：“南八（霁云排行第八），男儿死耳，不可为不义屈！”南霁云笑曰：“欲将以有为也。公有言，云敢不死。”二人遂不屈而死。“欲将以有为也”，即是说南霁云欲寻找机会，报仇雪恨，不甘心白白送命。

张巡

文章还记载了张籍所了解到的有关张巡的佚事。代宗大历年间，张籍在和州乌江县见过张巡旧吏于嵩，其时于嵩六十多岁了。张籍询问过有关张巡的事迹，只是当时张籍年纪小，不能细问。张巡“长七尺余，须髯若神”，记忆力惊人，读书过目不忘，“吾于书读不过三遍，终身不忘也”，并背诵于嵩所读书，“尽卷不错一字”。于嵩很惊异，以为张巡偶然熟悉，“因乱抽他帙以试，无不尽然。嵩又取架上诸书试以问巡，巡应口诵无疑。”张巡“为文章，操纸笔立书，未尝起草”。睢阳守城时，将士有万人，城中居民数万人，张巡“因一见问姓名，其后无不识者”，张巡发怒之时，“须髯辄张”。城破被杀时，“颜色不乱，阳阳如平常”。而许远“宽厚长者，貌如其心，与巡同年生，月日后于巡，呼巡为兄，死时年四十九”。

蔣楚稺先生輯注
韓昌黎集
豹變齋藏板

韩愈文集

唐文·唐文

这篇文章的前二段，明辨许远之不畏死，以正视听；后二段则写佚事，南霁云求援，既写出了拥兵自重、图谋私利者的可鄙，又衬托出张巡、许远睢阳抗战的伟大和艰苦；南霁云的英雄豪杰形象，真是对张巡、许远叙述描写的有力补充。旧吏于嵩叙说张巡事迹，贵得其实。文章从写法上说，前二段乃议论体，是对李翰《张巡传》及当时世俗意见的驳正，后二段乃记叙，补充张巡、许远佚事。文章历落有致，夹叙夹议，先议而后叙。议论处斩钉截铁，具有真实力量；叙述处字字生风，读之令人神气旺盛。

二

韩愈以传承"道统"自任，亦笃于朋友之义。韩愈少年时，曾经梦见有人赠予其一卷丹书的篆文，强行让其吃下去，而傍边有一人抚掌大笑。醒来后，感觉胸中有物横亘，几天以后，才感觉正常了。但大概还记得篆文如龙飞凤舞，不是人间所能写成的。后来和孟郊相识，似乎早已熟悉了，仔细回想，才发现，梦中一旁抚掌大笑者和孟郊很像。事实上，韩愈与孟郊关系甚为深厚。贞元九年，韩愈和孟郊初次相会后，韩愈有《长安交游者一首赠孟郊》："长安交游者，贫富各有徒。亲朋相过时，亦各有以娱。陋室有文史，高门有笙竽。何能辩荣悴，且欲分贤愚。"又写了《孟生诗》："孟生江海士，古貌又古心。尝读古人书，谓言古犹今。"孟郊赠韩愈诗曰："何以定交契？赠君高山石。何以保贞坚？赠君青松色。"

韩愈和孟郊相互理解，思想一致，感情上很是亲近。贞元十五年，韩愈在汴州（今河南开封）董晋幕府，不幸董晋病死，韩愈护送灵柩离开汴州。不久，汴州军乱，杀死了留后陆长源，韩愈侥幸不死，遂又赴徐州张建封幕府。经历艰危之局，韩愈有感于自己的流落不遇，也深切地同情孟郊的不幸遭遇，在徐州，缺少知音，韩愈尤为思念远方的友人孟郊。文章抒情至深："与足下别久矣，以吾心之思足下，知足下悬悬于吾也。"韩愈诉说自己想念孟郊，正如孟郊之想念自己也，一往深情。只是各以事情牵累，不得相聚，怅恨久之：

> 吾言之而听者谁欤？吾唱之而和者谁欤？言无听也，唱无和也，独行而无徒也，是非无所与同也，足下知吾心乐否也！

形单影只，孤独无依之感，精神上的极度痛苦，和盘托出，而更见孟郊作为知己之可贵，令人思念不已。同时，韩愈也知道独行古道的孟郊，不为当今所接纳，希望有所作为，却生活困顿，遭受着坎坷，精神上亦很孤独："足下才高气清，行古道，处今世；无田而衣食，事亲左右无违：足下之用心勤矣，足下之处身劳且苦矣！混混与世相浊，独其心追古人而从之，足下之道其使吾悲也！"理解孟郊，劝慰孟郊，也是高度评价孟郊，处污浊之世而能够心追古人，行古道，诚为难能可贵。也更见韩、孟二人相通之处，在于思想的一致，情感之亲近而已。以下，遂叙述经历汴州之乱，"幸不死"，无所归依，暂且依据于徐州张建封幕府，"默默在此，行一年矣"，准备于秋天辞去，向往和孟郊共同隐居，"江湖余乐也，与足下终幸矣"！又告知了共同好友的消息：李翱娶了韩愈的侄女，下月将来徐州；张籍在和州守丧，家甚贫。因而希望孟郊能够赴徐州相会，"自彼至此虽远，要皆舟行可至，速图之，吾之望也"！

文章写自己之处境，足以让孟郊悲伤；而孟郊守古道而不行于今世，遭遇坎坷，又使自己悲伤，只有与孟郊隐居而共老江湖，则不悲且乐，亦很幸运了。不经意写出，真情激荡，千载下读之，感人肺腑。

韩愈善于为文，针对不同的对象，其写法和内容绝不相同，体现出韩文鲜明的特色来。韩愈一生攘斥佛老，而又与佛老之徒来往，但并不改变其一贯的思想和立场。如在潮州时，主动与佛教徒大颠相来往；而韩愈声名远播，佛老之徒也常常奔走于韩愈门下。

永贞元年，韩愈自贬官之地阳山（今广东阳山）内迁，赴江陵（今湖北江陵），经过衡山，而得遇廖道士，遂作《送廖道士序》：

五岳于中州，衡山最远；南方之山巍然高而大者以百数，独衡为宗：最远而独为宗，其神必灵。衡之南八九百里，地益高，山益峻，水清而益驶；其最高而横绝南北者岭。郴之为州，在岭之上，测其高下得三之二焉，中州清淑之气，于是焉穷。气之所穷，盛而不过，必蜿蟺扶舆磅礴而郁积。衡山之神既灵，而郴之为州，又当中州清淑之气蜿蟺扶舆磅礴而郁积，其水土之所生，神气之所感，白金水银丹砂石英钟乳橘柚之包，竹箭之美，千寻之名材，不能独当也；意必有魁奇忠信材德之民生其间，而吾又未见也：其无乃迷惑溺没于老佛之学而不出邪？

送廖道士而不说人，先说衡山之奇异。衡山乃五岳之中距离中原最远的地方，而南方巍然高大的山很多，百余座，而衡山独称为宗，必然有其灵异之处。衡山之南，又有五岭，横绝南北，而郴州地处五岭山之三分之二高处，中原清淑之气郁积，因而物产丰富，然而，丰富的物产亦不足以独当清淑之气，料想应该出产魁奇忠信才德之人，所谓地灵人杰也。却未能见魁奇忠信才德之人，大概是迷惑沉溺于老佛之学而不为人所知吧。地灵，不仅是物产丰富，而且应该体现于人杰。廖道士乃郴州人，而又学于衡山，应该汲取了清淑之气，为魁奇忠信才德之人——“气专而容寂，多艺而善游”，不幸却迷惑沉溺于佛道而未显现出来。因而，地灵人杰，拟指廖道士，而又不似，既称其魁奇忠信才德，又斥其之迷惑沉溺，褒贬毁誉，兼而有之。文章于此并未曲尽其意，乃曰：“廖师善知人，若不在其身，必在其所与游；访之而不吾告，何也？”送廖道士，却期待其能够唤醒迷惑沉溺于佛道之人，“于其别，申以问之”。韩愈一贯地攘斥佛老，却交友佛老之徒，使之从佛老之道中解脱出来，足见其胸怀也。

文章写得很是奇特，心中爱惜廖道士，只是怪其为道士；又恐道士者不止廖一人，欲因廖道士而遍招之。此层意思却并不直接说破，而说衡山最灵，郴州最有中原清淑之气，地灵人杰，只怕迷惑而沉溺于佛道，甚是可惜。文章写得变化多端，波澜起伏，很有韵味。可见，韩愈以其杰出的创作能力，拓展了古文的叙事、描写、议论等表现功能。

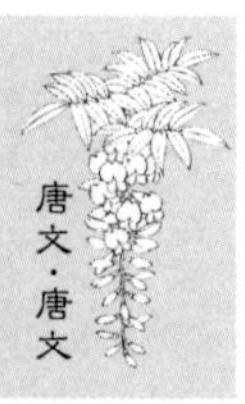

辅时及物，雄深雅健

——柳宗元《段太尉逸事状》与《种树郭橐驼传》

一

柳宗元

元和九年（814 年），京兆（今陕西西安）人韦中立自长安赴永州（今湖南零陵），千里迢迢，历经艰辛，欲拜永州司马柳宗元为师。柳宗元却拒绝为人师，并写了一篇《答韦中立论师道书》，阐明自己的看法。孟子说“人之患，在好为人师”，由魏晋以下，人们大都不愿从师。当今之世，不闻有师，如有，众人哗笑以为狂人。只有韩愈奋不顾世俗之见，抗颜为师，招收弟子，并写了一篇《师说》。果然被众人群怪聚骂，韩愈因此而得了“狂人”的名号，时时受人攻讦。屈原说过：“邑犬群吠，吠所怪也。”以前听说，蜀之南经常下雨，很少有太阳出来，一旦太阳出来，群犬惊诧而狂吠。柳宗元说，这大概只是人们的笑谈而已，自己并不以为然。孰料，六七年前，自己到南方的第二年，冬天下了一场大雪，没有下过雪的五岭以南，也大雪纷飞，岭南之犬则狂吠逃窜，一直逃到了没有雪的地方才停止。现在则相信了蜀犬吠日的传闻。柳宗元说，韩愈抗颜为师，乃自为蜀之日，而韦中立欲以柳宗元为师，乃以柳为南越之雪了，要招致他人的笑骂的。在《报严厚与书》中，柳宗元也说：“仆才能勇敢不如韩退之，故不为人师。”

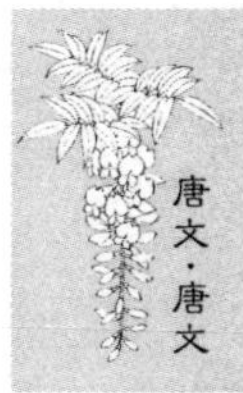

柳宗元虽然不愿抗颜为师，但仍然指出了文章写作的根本：文以明道，并不仅仅在于辞采声韵——“文者以明道，是固不苟为炳炳烺烺，务采色，夸声音而以为能也”，还指出了明道的方法。文章写作，固然以明道为本，但还是要广泛学习，体会写作的要素：

本之《书》以求其质，本之《诗》以求其恒，本之《礼》以求其宜，本之《春秋》以求其断，本之《易》以求其动，此吾所以取道之原也。参之《谷梁》氏以厉其气，参之《孟》《荀》以畅其支，参之《庄》《老》以肆其端，参之《国语》以博其趣，参之《离骚》以致其幽，参之太史公以著其洁，此吾所以旁推交通而以为之文也。

柳宗元主张应广泛学习前代文化典籍，融会贯通，才能写出好文章。柳宗元建议韦中立，不要有拜师之名，而应以学习之实为本，“取其实而去其名，无招越蜀吠怪，而为外廷所笑”。柳宗元之所以如此，与其永贞革新之后所遭受的无情政治打击密切相关，他所提出“文以明道”的思想，乃是唐代古文运动的纲领，而广泛学习前代文化典籍，从而融会贯通，也与韩愈的指导思想高度一致，对当时古文运动产生了积极的影响。

唐代自安史之乱以后，藩镇割据，而中央王朝的将帅，往往拥兵自重，骄纵下属，致使武夫暴卒横行不法，成了很大的社会隐患。段秀实是一位治军有方，仁厚廉洁，忠贞尽节的著名官吏，因反对叛将朱泚称帝，被杀，朝廷追赠太尉。柳宗元二十二岁时，到汾州探望叔父，于民间访问得段秀实的许多逸事。二十年后，柳宗元在永州贬所，乃根据这些资料，写成《段太尉逸事状》和《与史官韩愈致段秀实太尉逸事书》，送给时任史馆修撰的韩愈，希望这些逸事对韩愈撰写段秀实传，能够有所补益。

状，即行状、行述，是一种文体。记叙死者的世系、籍贯、生卒年月及生平事迹，供撰写墓志或史官作传采用。刘勰《文心雕龙》说：“状者，貌也，体貌本原，取其事实。先贤表状谥，并有行状，状之大者也。”逸事，指散佚的事迹，也作佚事。逸事状，即只记录死者逸事，而其他生平事迹则不必详写，乃状之变体。

《段太尉逸事状》写的第一个逸事，乃是段秀实不畏强暴，惩治暴虐不法的士卒，为民除害。开篇则直接叙写段太尉刚任泾州（今甘肃泾川）刺史时，汾阳王、副元帅郭子仪的儿子郭晞为尚书、行营节度使，驻军邠州（今陕西邠县），放纵士卒无赖。邠州无赖子弟则以贿赂手段，得以在军营中挂名当兵，遂任情放纵，为所欲为，天天在街市胡作非为，甚至“撞杀孕妇人”，而官吏无法追究，邠宁节度使白孝德因为顾忌郭子仪而不敢声张。段秀实遂请求白孝德，愿为都虞侯（军中执法官），以整治军纪。上任刚一月，郭晞军士十七人“入市取酒，又以刃刺酒翁，坏酿器，酒流沟中”，而段秀实“列卒取十七人，皆断头注槊上，植都市门外”，很果决地处死了十七名军士，把头颅插在矛槊上，列于邠州城门外示众。事态迅速发展：

晞一营大譟，尽甲。孝德震恐，召太尉曰：“将奈何？”太尉曰：“无伤也，请辞于军。”孝德使数十人从太尉，太尉尽辞去，解佩刀，选老躄者一人持马，至晞门下。甲者出，太尉笑且入曰：“杀一老卒，何甲也？吾戴吾头来矣。”

一营军士喧哗，穿好铠甲，全副武装。白孝德震恐，派数十人护卫段秀实，而段秀实从容不迫，解佩刀，只选一名老而跛足者牵马，深入郭晞营中。“笑且入”“吾戴吾头来矣”，遂将段秀实之大无畏、大智慧，描摹如画。反而令“甲者”惊愕，段秀实遂对将士及郭晞晓之以情、动之以理、谕之以义，分析情实，劝慰诱导，郭晞很是感动：“言未毕，晞再拜曰：‘公幸教晞以道，恩甚大，愿奉军以从。’”以道义教导，郭晞折服，遂约束全军，听从段秀实的号令。段秀实智勇双全，并不贸然离开郭晞营中，请求留饭、留宿，郭晞“不解衣，戒候卒击柝卫太尉”，第二天，郭晞随段秀实到白孝德处，承认错误，请求改过，“邠州由是无祸”。

第二件逸事是段秀实在泾州为营田官时的事件。泾州大将焦令谌霸占百姓农田，让农人耕种，说：“且熟，归我半。”庄稼成熟，一半归焦令谌所有。

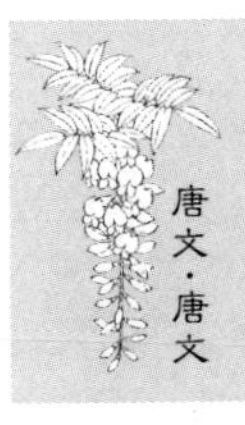

是岁大旱，野无草，农以告谌。谌曰：“我知入数而已，不知旱也。”督责益急。且饥死，无以偿，即告太尉。太尉判状辞甚巽，使人来谕谌。谌盛怒，召农者曰：“我畏段某也？何敢言我！”取判铺背上，以大杖击二十，垂死，舆来庭中。太尉大泣曰：“乃我困汝。”即取水洗去血，裂裳衣疮，手注善药，旦夕自哺农者，然后食。取骑马卖，市谷代偿，使勿知。

大旱，赤地千里，而焦令谌毫不体恤农人，只知“应得”的收入，而不管旱情。农人无法偿还，求助于段秀实。段秀实状辞写得很是谦逊、恭顺，希望能够打动焦令谌。而焦令谌见状辞盛怒，将状辞置于农人背上，击二十大杖，将死，遂送到段秀实庭院中。段秀实自责，以为自己处理不当，牵累了农人，遂亲自护理，每天早晚亲自给农人喂饭，然后自己才吃饭。贱卖了自己所骑之马，购买谷物而偿还焦令谌。文章又以淮西军帅尹少荣仗义执言，谴责焦令谌，突现了段秀实的高贵品质：

> 入见谌，大骂曰："汝诚人耶？泾州野如赭，人且饥死，而必得谷，又用大杖击无罪者。段公，仁信大人也，而汝不知敬。今段公唯一马，贱卖，市谷入汝，汝又取，不耻。凡为人，傲天灾、犯大人、击无罪者，又取仁者谷，使主人出无马，汝将何以视天地，尚不愧奴隶耶？"谌虽暴抗，然闻言则大愧流汗，不能食，曰："吾终不可以见段公。"一夕，自恨死。

此段斥责，借他人之口说出，更是痛快淋漓，既是对前面段秀实善待农人的补充，也是批评焦令谌之不仁，两相映衬，赞颂段秀实之仁厚、谦恭。

第三件逸事，乃段秀实坚决拒收倔强不法的藩镇朱泚之赠礼。无法退回礼物，段秀实将礼物束于司农治事堂的梁木之上。朱泚反叛称帝，段秀实以笏击中朱泚额头，溅血洒地，被杀。"吏以告泚，泚取视，其故封识具存"，朱泚看到他所赠送的礼物，段秀实就未曾打开过，可见段秀实节操之清廉坚贞。

柳宗元亲自访问老将校、退伍士卒，段秀实为人和善，往往和颜悦色，"常低首拱手行步，言气卑弱，未尝以色待物，人视之儒者也"，一旦遇见不合理之事，则刚正无畏，敢说敢为，乃其立身行志之本然，决非偶然为之。

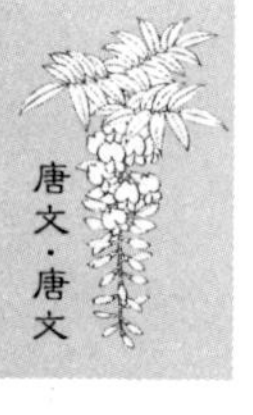

文章所叙述的三件逸事，表现出段秀实的刚正、仁厚、清廉的品性操守，将其忠义慷慨、有勇有谋、清廉爱民、临财不苟的形象，描摹如画，极其生动形象，无论记事、记言，都能曲尽其妙，是一篇传世名文，可与韩愈《张中丞传后叙》相媲美。后来，欧阳修、宋祁《新唐书·段秀实传》则基本上采用了柳宗元这篇逸事的材料。

二

柳宗元善于写文章，而且思想深刻，往往从平常生活、甚至于微贱之物，发现其所蕴含的深刻道理，而且写来别有一番韵致。长安西郊丰乐乡有一位种树人，也就是现在的园艺家了，姓郭，名字不为人所知，因其驼背，遂被人呼为"郭橐驼"。郭橐驼所种植的树，或移栽，皆能成活，而且生长旺盛，枝叶繁茂，果实结得很早。此人颇懂树之生理，精通种植之道。柳宗元遂为此人立传，写成《种树郭橐驼传》。

传，就是记载事迹以传之于后世。司马迁《史记》创立“列传”，以记载一人之始终，遂为后世史家所继承。只是列传所记载的是那些有着特别功业、道德之人，而普通人一般无缘于传记的。其后，随着历史的发展，山林里巷的普通人，如有品德可称说，或有可以效法的行为、事业，皆可作传，来传扬其事，寄寓一些体会、感慨、道理等；当然，也有虚构一些事例，假托人物、动物等，驰骋文墨，表达思想，也可称为传。

《种树郭橐驼传》开篇全然是传的正统写法：“郭橐驼，不知始何名。病瘘，隆然伏行，有类橐驼者，故乡人号之‘驼’。驼闻之，曰：‘甚善。名我固当。’因舍其名，亦自谓橐驼云。其乡曰丰乐乡，在长安西。驼业种树。”叙述郭橐驼的姓名、籍贯、职业，进而介绍其高超的种树技术。郭橐驼职业为种树，而其高超之处，则在于对种树之理的深刻理解，故而文章以郭橐驼自叙的方式，陈述其高超的种树之理：

> 橐驼非能使木寿且孳也，能顺木之天，以致其性焉尔。凡植木之性，其本欲舒，其培欲平，其土欲故，其筑欲密。既然已，勿动勿虑，去不复顾。其莳也若子，其置也若弃。则其天者全，而其性得矣。故吾不害其长而已，非有能硕茂之也；不抑耗其实而已，非有能早而蕃之也。

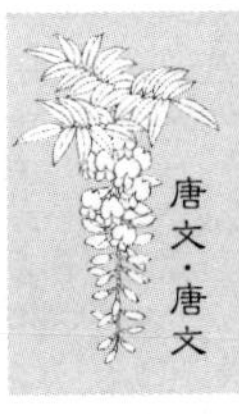

种树而顺树木之天性，树根要舒展，培土要平整，树根要用熟土，而且要踩踏结实。要符合树木的生长规律，则树木天性所要求的就能够得到满足，顺其天性，则枝繁叶茂，早结果实。而“他植者”（别的种树人）则完全不是这样的做法：

> 根拳而土易，其培之也，若不过焉则不及。苟有能反是者，则又爱之太恩，忧之太勤。旦视而暮抚，已去而复顾。甚者爪其肤以验其生枯，摇其本以观其疏密，而木之性日以离矣。虽曰爱之，其实害之；虽曰忧之，其实雠之。

“他植者”不顾树木之天性，或弃之不顾，或爱之太切，反而伤害了树木之天性。尤其比较详细地写了爱之太切、忧之太勤的种种状态。郭橐驼与“他植者”二者种树态度的比较，一正一反，详细述说了种树之理，要言不烦，切中肯綮。文章于此，已经写得颇为充分，而以“问者曰：以子之道，移之官理，可乎”一句，非常简洁地将论题拓展，转入了治理百姓的为官之道，也是这篇文章的最终意旨所在。郭橐驼说：自己是乡下之人，哪懂什么治理百姓的为官之道呢。只是身为百姓，有一些体会罢了：

> 然吾居乡，见长人者好烦其令，若甚怜焉，而卒以祸。旦暮吏来而呼曰："官命促尔耕，勖尔植，督尔获，早缫而绪，早织而缕，字而幼孩，遂而鸡豚。"鸣鼓而聚之，击木而召之。吾小人辍飧饔以劳吏者，且不得暇，又何以蕃吾生而安吾性耶？

官吏时时督促百姓，应该耕种，应该种植，应该收获，应该缫丝，应该织布，应该养育小孩，应该喂养鸡猪，等等，时时击鼓鸣钟召集百姓训导，我们小百姓连吃饭的工夫也用来招待当官的了，尚且不得闲暇，又怎么能够使我们人口增长、生活安定呢？当官的"好烦其令，若甚怜焉，而卒以祸"，正是不善种树者的"旦视而暮抚，已去而复顾。甚者爪其肤以验其生枯，摇其本以观其疏密"，名为爱民、为民，实为扰民、害民。因此，百姓痛恨、厌倦了政令烦多。而文章以问者的一句话"吾问养树，得养人术"来总结全文，以"传其事，以为官戒"点出文章的意旨所在。

文章虽然史为"传"，但叙事颇简略，仅说及郭橐驼的姓名、籍贯、职业而已，重在讲理，以对话体的问答方式展开，说理详尽，详略得当。前面写郭橐驼其人，写与人问答种树之法，琐碎之中，处处涉笔成趣；后面则引入官吏治理百姓之事，设官为民之道，变成绝大议论。前面是一篇游戏小文，后面则为一篇设官治民的大文章，以讽谏世道。而且，文章很善于运用对比手法，先以郭橐驼与他植者的种树方法对比，说明其得失；后而再以"官理"与"种树"相对比，揭露官吏治民的违理害情，妨碍百姓的正常生活、生产，为害甚大，加强了作品的讽世作用。

柳宗元善于从普通人身上发现其闪光点，发掘其优秀的道德品性，劝善惩恶，以实践其文以明道的文学思想。中唐李肇《国史补》，记载了长安卖药人宋清，无论是朝官，还是普通百姓，都买他的药，而且贫穷人家买药，宋清往往低价出售。"人有急难，倾财救之"，因此长安有谚语说："人有义声，卖药宋清。"柳宗元为此而专门写了《宋清传》。

宋清是长安西市的卖药人，有善药（好药），长安各色人皆喜欢到宋清处买药，宋清"皆乐然响应，虽不持钱者，皆与善药"。而穷人所欠的药钱"债券"，堆积

独钓寒江雪

如山；甚至不认识的人要赊欠药钱，宋清皆不推辞。每到年终，宋清就将那些不能偿还的“债券”焚烧了。“市人以其异，皆笑之”，称宋清为“痴妄人”，或说宋清乃有道之士。而宋清自己说：卖药是为了养家糊口，并非有道之人，也不是痴妄人。卖药四十年，受过自己资助的，有些是大官，赠送财物的很多；而给没有钱的人给了药，也不会妨碍自己的富足。不像那些“小市人”，希望立刻得到回报，“一不得直，则怫然怒；再，则骂而仇耳”，而宋清则卖药得大利，“又不为妄，执其道不废，卒以富。求者益众，其应益广”。柳宗元看到了宋清待人始终如一，不趋炎附势的良好品性，故而为宋清立传。叙述之后，柳宗元对此而发议论：现在的人相交往，“炎而附，寒而弃”——有权势时，则趋炎附势；无权势时，则弃之如敝屣，很少能有人像宋清那样，始终如一地待人。人们交往，则讲“市道交”——像做生意一样，讲求投桃报李式的公平，宋清是特殊的，“非市道人也”：

柳先生曰：清居市而不为市之道，然而居朝廷、居官府、居庠塾乡党以士大夫自名者，反争为之不已，然则清非独异于市人也！

宋清虽是市井之人，却不讲求投桃报李式的互惠互利，不但“独异于市人”，而且和那些居朝廷、居官府等等的自称士大夫者，也绝不相同。这正是宋清的可贵之处。

柳宗元思想深刻，思维敏锐，往往能从微小之物，发现所蕴含的深刻道理。

有一种喜欢背负物事的小虫，叫蝜蝂，背负重物，累累而行，又好爬高，以致坠地而死，亦不知去其负累。柳宗元遂写作了《蝜蝂传》：

> 蝜蝂者，善负小虫也。行遇物，辄持取，卬其首负之。背愈重，虽困剧不止也。其背甚涩，物积因不散，卒踬仆不能起。人或怜之，为去其负。苟能行，又持取如故。又好高，极其力不已，至坠地死。

蝜蝂作为小虫子，可记述者仅仅是这些而已，没有什么特殊的“业绩”“奇闻异事”，也未具体描摹其形象，而是突出描写这种虫子喜欢负重、登高的两个特点。柳宗元从蝜蝂的这两个特点上，发现了某些人的共同性，因而讽世嫉俗。人世间，那些“嗜取者”（贪得无厌的人），聚敛无厌，无所不取——“不知为己累也，唯恐其不积”，天天想着贪赃、升官——“日思高其位，大其禄，而贪取滋甚”，因贪赃送了性命也不知鉴戒。这些“嗜取者”，虽然其形体是魁然高大的，名称叫“人”，而其“智则小虫也”，是很可悲的了。前文描摹蝜蝂，只是突出其负重、登高两个特点，后文议论则紧扣这两个特点，无情地讽刺人之贪得无厌、拼命向上爬的丑恶行径。元稹有诗曰：“世间除却病，何事不营营。”讽刺人世间那些贪婪无厌之人，“善负”“登高”皆其病也。文章短小，虽名为“传”，实际上是以“传”的形式而写的一篇寓言，语言犀利，风格辛辣，形象生动，很有批判的锋芒。

从柳宗元的这几篇传记文，可以看出，就传的写法而言，一般来说，文章前面是叙述体的，交待人物、事件、缘由等，后面多为议论，是在前文基础上的有感而发，是进一步的发掘与升华，在文章体制上，正是史传文学的“史论”形式。柳宗元主张文以明道，辅时及物之道，关涉具体的社会生活，而其文章简洁，有雄深雅健的风格特色。柳宗元发展了史传文学，既继承了史传文学叙述体的基本体制，也扩展了“史论”的内容，升华了文章的意旨，而这正是文章写作的“有法而无定法”之最好体现。

因事立体，曲尽委婉

——刘禹锡《唐故尚书礼部员外柳君集纪》与韩愈《柳子厚墓志铭》

刘禹锡

唐敬宗宝历二年(826年)，刚刚罢去和州(今安徽和县)刺史的刘禹锡，诏还京城长安，途经扬州(今江苏扬州)，巧遇白居易。当时，白居易离开苏州(今江苏苏州)刺史任，赴京师述职，亦驻足扬州。两位大诗人闻名已久，却是初次见面，欣喜之余，在江楼上设宴为欢。酒过三巡之后，两位年近花甲的诗人都不禁很是感慨，白居易对自青年时就遭受贬谪流落的刘禹锡，充满了无限的同情，情不自禁地吟唱起一首诗：

为我行杯添酒饮，与君把箸击盘歌。诗称国手徒为尔，命压人头不奈何。举眼风光长寂寞，满朝衣冠独蹉跎。亦知合被才名折，二十三年折太多。

这首著名的《醉赠刘二十八使君》，饱含真情，也流露出人生的颇多无奈。刘禹锡出身名门，乃汉代中山靖王刘胜之后。弱冠考中进士，又中博学宏词，授太子校书。青春年少，前程似锦之时，不幸从永贞元年(805年)贬为连州(广东连山)刺史，至宝历二年(826年)冬应召回京，回到长安是第二年(文宗大和二年，827年)了，从贬官而离开京城到再回京城，长达二十三年之久。白居易称赞刘禹锡诗写得很好，堪称国手，只是命运不济，无可奈何。当年同时登朝之人，大都很荣耀，只有刘禹锡一人仕途坎坷。白居易感慨这二十三年的坎坷也太长了。刘禹锡被白居易的深情厚谊所感动，当即吟诵一诗作为回应，即《酬乐天扬州初逢席上见赠》：

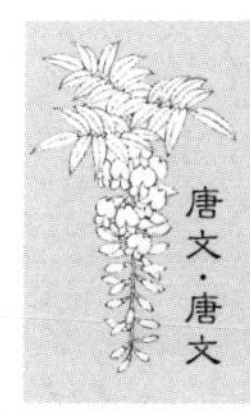

巴山楚水凄凉地，二十三年弃置身。怀旧空吟闻笛赋，到乡翻似烂柯人。沉舟侧畔千帆过，病树前头万木春。今日听君歌一曲，暂凭杯酒长精神。

对于长达二十三年的投闲置散的贬谪，生活于巴山楚水凄凉之地，刘禹锡的感慨是很深沉的，感慨自己到达旧游之地，有“举眼风光长寂寞”的孤独与无奈，只是雄心仍在，信念未衰，自己虽然如沉舟、如病树之沦落沉滞，然而仍然屹立无恙，能够听到白居易所吟诵的诗歌，更会精神百倍，勇往直前。

刘禹锡有着坚强的信念、不屈的精神。贞元二十一年（805年）春，刘禹锡被贬出朝廷，出任连州刺史，行至荆州时接到诏书，又被贬为朗州（今湖南常德）司马。十年之后，刘禹锡被诏至长安。正是初春时节，长安街市游人如织，人人皆说玄都观里有道士所种植的桃树，桃花盛开如红霞，众人争相前去赏花。回想当初在长安之时，玄都观还未有桃花，刘禹锡遂戏题一诗，赠看花诸君子：“紫陌红尘拂面来，无人不道看花回。玄都观里桃千树，尽是刘郎去后栽。”此诗流传，遂被好事者当作讽刺朝廷新进，有怨愤之情。刘禹锡遂再次被贬，十四年后，入长安为主客郎中，遂重游玄都观，则荡然无复一树，只有兔葵、燕麦等杂草摇荡于春风中。刘禹锡作诗一首：“百亩庭中半是苔，桃花净尽菜花开。种桃道士归何处，前度刘郎今又来。”前诗乃诗人兴到之言，并非有意讽刺，而后诗乃时隔十四年之后，显然是有意为之，表达其不衰的斗争精神。

刘禹锡与柳宗元、韩愈乃中唐时期的著名文人，也是政治、思想界的精英，他们有着深厚的友谊，而且有过一段共事的经历。贞元二十年，刘禹锡、柳宗元、韩愈皆在御史台任职，刘、韩为监察御史，柳宗元为监察御史里行，三人一起共事，结成好友。不久，刘禹锡、柳宗元皆参加了永贞革新，被贬出京城，巴山楚水凄凉之地，充满了辛酸；而韩愈因直言敢谏，为民请命，也是两次遭贬。柳宗元不幸早逝，元和十四年（819年）十月，卒于柳州（今广西柳州），年仅四十七岁，刘、韩二人皆有文章来怀念这位令人尊敬的朋友。

刘禹锡《唐故尚书礼部员外郎柳君集纪》是编定柳宗元文集之后所写的一篇序文，作于穆宗长庆四年（824年）。因为是给文集写序，刘禹锡高度评价文章的作用：“八音与政通，而文章与时高下。”文章与政治相通，是时代精神的反映，这虽是老生常谈之语，但刘禹锡突出唐文的价值，乃在于直接继承秦汉之文，而超越了魏晋以降，实为“文起八代之衰”的另一种说法。经历安史之乱，李唐王朝力图中兴，皇帝提倡文章："昭回之光，下饰万物，天下文士，争执所长，与时而奋，粲焉如繁星丽天，而芒寒色正。"而柳宗元正是这样一位文章杰出之士，其文学正是这一时代洪流、时代精神的表现。刘禹锡遂颇为简洁、中肯地叙述了柳宗元的一生事迹：

> 子厚始以童子有奇名于贞元初，至九年为名进士，十有九年为材御史，二十有一年以文章称首，入尚书为礼部员外郎。是岁以疏隽少检获讪，出牧邵州，又谪永州。居十年，诏书征不用，遂为柳州刺史。五岁不得召，病且革，留书抵其友中山刘某曰："我不幸卒以谪死，以遗草累故人。"

高度评价柳宗元以童子而有奇名，为名进士，为才能卓著的御史，以文章称首，文字虽简洁，然力透纸背。对永贞革新失败之后被贬，仅仅说"以疏隽少检获讪"，而不推诿于他人。柳宗元和刘禹锡皆为永贞革新的中坚，他们不愿诿过于领导革新的领袖王叔文、韦执谊，因而不肯对王、韦有贬词，亦不愿否认永贞革新。对于柳宗元的文章成就，引用韩愈的话说，柳之文章"雄深雅健"，有司马迁之风格，而皇甫湜"于文章少所推让"，也认同韩愈的意见。文章语言简洁，层次清晰。先从宏观论文落笔，指出文章的重要性，其次则引出所论之人柳宗元，遂言简意赅地点明了柳宗元文章的价值。又叙写柳宗元之行事大略，以及与自己

劉禹錫集卷十四

表章四

为容州竇中丞謝上表

刘禹锡集

的友谊，而以韩愈、皇甫湜论评柳宗元文章的意见，表达自己对亡友的推崇之意，既是对前文所说柳宗元“斯人望而敬者”，又表示不带偏私，客观公正，具有说服力。

刘禹锡与柳宗元感情深厚，另有《祭柳员外文》《重祭柳员外文》，抒发其哀痛伤悼之情：“南望桂水，哭我故人。孰云宿草？此恸何极？呜呼子厚，卿真死矣……何人不达？使君终否。何人不老？使君夭死。皇天厚土，胡宁忍此？知悲无益，奈恨无已。”

对于柳宗元之早逝，韩愈《柳子厚墓志铭》则记述柳宗元一生行事、履历，更为重要者乃高度评价其为人、为文。少年时的柳宗元很是杰出：

> 子厚少精敏，无不通达。逮其父时，虽少年已自成人，能取进士第，崭然见头角；众谓柳氏有子矣。其后以博学宏词授集贤殿正字。俊杰廉悍，议论证据古今，出入经史百子，踔厉风发，率常屈其座人；名声大振，一时皆慕与之交，诸公要人争欲令出我门下，交口荐誉之。

文章描绘出柳宗元那种俊杰廉悍、踔厉风发的少年才子的气概，名声大振，而诸位权贵都想与之结交，因而赞不绝口。而对永贞革新失败后被贬谪，仅仅说“遇用事者得罪，例出为刺史；未至，又例贬州司马”，与刘禹锡对永贞革新被贬的态度显然不同。韩愈对永贞革新是有不同看法的，因而不愿意正面评价，也因为给柳宗元作墓志铭，亦不愿意作出对好友不利的评价，故而含糊其辞。在后文，韩愈对柳宗元有所批评，虽然是以惋惜的口吻说出的，但其态度还是很明确的。韩愈说柳宗元少年时“勇于为人，不自贵重顾藉”，因而被“废退”——所指乃积极参加永贞革新及被贬谪之事，“材不为世用，道不行于时也”，未能实现其理想抱负。既惋惜柳宗元的不善“自持其身”，又同情其被贬谪的坎坷遭遇，但在总体上，韩愈是否定了柳宗元参加永贞革新之事功的。

韩愈特别写了两件事，一是在柳州（今广西柳州）尽心为政，解放奴隶；一是刘禹锡贬官更为僻远的播州（今贵州遵义），而累及老母，被贬官柳州的柳宗元请求朝廷，“愿以柳易播，虽重得罪，死不恨”。对此，韩愈感慨万千：

> 呜呼！士穷乃见节义。今夫平居里巷相慕悦，酒食游戏相征逐，诩诩强笑语以相取下，握手出肺肝相示，指天日涕泣，誓生死不相背负，

> 真若可信；一旦临小利害，仅如毛发比，反眼若不相识；落陷井，不一引手救，反挤之又下石焉者，皆是也。此宜禽兽夷狄所不忍为，而其人自视以为得计，闻子厚之风，亦可以少愧矣！

“士穷乃见节义”。被贬谪的柳宗元陷于人生的困境，却能够为友人刘禹锡设身处地考虑，其品德之仁厚可知矣。反观世俗之人，平时酒肉相交，信誓旦旦，一旦有细小如毛发一样的利害，则反目不相识，甚至于落井下石。两相比较，更见柳宗元品德之仁厚了。而韩愈张扬柳宗元仁厚之品德，意在对世态炎凉的世风进行讽喻。当然，韩愈充分肯定了柳宗元文学创作的成就，柳宗元被贬谪之后，“居闲益自刻苦，务记览，为词章泛滥停蓄，为深博无涯涘，而自肆于山水之间”，勤奋从事创作；而长期的贬谪生活，砥砺了柳宗元，从而成就其文学，并流传后世：

> 然子厚斥不久，穷不极，虽有出于人，其文学辞章，必不能自力以致必传于后如今，无疑也。虽使子厚得所愿，为将相于一时；以彼易此，孰得孰失，必有能辨之者。

柳宗元在柳州刺史任上，积极作为，济民困穷，推行教化，死后，柳州百姓建庙祭祀，尊为神灵。庙修成之后，柳州百姓请韩愈撰碑文，韩愈写了《柳州罗池庙碑》以记其事。文章曰：“罗池庙者，故刺史柳侯庙也。”以下，遂记述柳宗元在柳州的行政措施、教化百姓。柳宗元“不鄙夷其民，动以礼法”，并不把柳州百姓作为蛮夷对待，而是以礼法来诱导、约束，百姓感化，老少相互教导，不要违背了柳刺史的政令，数年之后，政通人和，社会安定，生产发展，生活富足，遵守礼义：“于是民业有经，公无负租，流逋四归，乐生兴事；宅有新屋，步（码头）有新船，池园洁修，猪牛鸭鸡，肥大蕃息；子严父诏，妇顺夫指，嫁娶葬送，各有条法，出相弟长，入相慈孝。”兴修学校，推行教化。

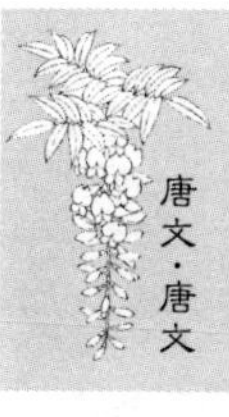

因为能够实行惠民富民的政策措施，柳州是柳宗元实现其治世济民政治理想的地方，因而柳宗元对柳州很有感情。一次，在驿亭与部将饮酒，柳宗元说“明年吾将死，死而为神，后三年为庙祀我”，果然，“及期而死”，并且曾降神灵于州之后堂。庙修成之后，过客李仪醉酒轻慢侮蔑，“得疾，扶出庙门即死”，甚是灵异。柳宗元有经世济民的宏大理想，可惜被贬谪废弃不用，任柳州刺史，才有了施展其治世济民才能的机会，惠民富民，推行教化。柳宗元杰出的治世才能，不能有更大的施展领域、更长久的实施其政策的时间，仅仅只能在柳州——这个僻远而有限的地方，推行了短暂的五年时间，可以说，柳宗元是大不幸中有一点点幸运。因而，柳宗元之精诚，遂死而为神灵，佑护一方百姓，这是韩愈作此文的意旨所在。因此，文章说："余谓柳侯生能泽其民，死能惊动福祸之以食其土，可谓灵也已。"就能够比较好地理解了。作为庙碑，文章还交待了神主的生平："柳侯，河东人，讳宗元，字子厚，贤而有文章，尝位于朝，光显矣；已而摈不用。"极其概括，而"摈不用"的缘由、经过，皆未说，也不便于在庙碑这种文体中叙述。这也正是文章根据体裁、表达主旨的需要而剪裁素材了。因为是庙碑，韩愈还写了一首《迎享送神诗》，置于文末，作为柳州百姓迎送柳侯神灵的享歌：

> 荔子丹兮蕉黄，杂肴蔬兮进侯堂。侯之船兮两旗，度中流兮风泊之，待侯之来兮不知我悲。侯乘驹兮入庙，慰我民兮不嚬以笑。鹅之山兮柳之水，桂树团团兮白石齿齿。侯朝出游兮暮来归，春与猿吟兮秋鹤与飞。北方之人兮为侯是非，千秋万代兮侯无我违。福我兮寿我，驱厉鬼兮山之左。下无苦湿兮高无干，秔稌充羡兮蛇蛟结蟠。我民报事兮无怠其始，自今兮钦于世世。

诗以骚体，描摹迎神之时的情态，以及山水之间的种种风貌，营造出迎神之时的神秘氛围，轻扬空灵，强烈的抒情，带有一些欢快。神灵出现，则佑护柳州百姓——厉鬼消失、蛇蛟不出，风调雨顺、五谷丰登。"春与猿吟兮秋鹤与飞"，写得颇为生动传神，宛如仙境。而北方之人（朝廷）仍在对柳宗元说三道四，而柳州百姓却世世代代喜爱和尊敬柳侯。

面对相同的写作对象，不同的作家，有其不同的思想认识，采用不同的文体，文章的写法则更是变化多端。而文章表达，主要还是应该根据文体的基本要求，所要表达的主旨，从而选择材料，构思经营，剪裁布置。而这些正是写作时所要注意的，是韩愈之文留给后人的启示。

春秋笔法，小说技巧

——李翱《杨烈妇传》与沈亚之《李绅传》

一

李翱

李翱任潭州刺史、湖南观察使，在潭州（今湖南长沙）府署举行宴会，席间，一位美丽的舞女跳着华丽的柘枝舞，婀娜多姿，美妙动人。然而，舞女偶而嚬眉紧蹙，粉面含愁。李翱询问之，诗人殷尧藩当筵赠诗："姑苏太守青蛾女，流落长沙舞柘枝。满座绣衣皆不识，可怜红脸泪双垂。"问之，才知是韦中丞姬妾所生之女，该女感慨曰："妾以亲兄弟夭丧，无以从人，委身于乐部（作歌伎），有辱先人。"言罢，流涕呜咽，情不能堪。李翱为之感叹唏嘘，还说："我与韦家，乃旧姻亲啊。"遂让女子脱去舞衣，换上士大夫家女子的衣饰，请夫人与之见面。女子口齿清朗，颇有士大夫的家庭风范，遂将其当作自家女儿养育，其后，又为女子选了一个士人嫁了。舒元舆侍郎听说此事，从长安写诗赠李翱："湘江舞罢忽成悲，便脱蛮靴出绛帏。谁是蔡邕琴酒客，魏公怀旧嫁文姬。"蔡邕死后，蔡文姬流落南匈奴，他的朋友曹操遂把文姬从南匈奴赎回，又嫁给陈留士人董祀。此处，则以曹操来比拟李翱了。

李翱重道义，也很爱才。任江州（今江西九江）刺史时，有一罪犯即将被处死，在狱中引吭长啸，美妙动听，响遏行云，"发龙吟之韵，奏出塞之悲，闺思乡情，莫不凄切"。李翱闻知，很是感慨，说：不料魏晋时苏门孙登的长啸，又在今天能够听到，真有天乐之美妙。遂设法减罪，令入乐籍，为伶人，发挥其艺术专长。

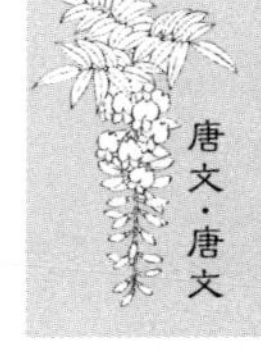

李翱擅长文章，也很自负，希望能够修史，传一代事功。在给皇甫湜的信中说："仆文采虽不足以希左丘明、司马子长，足下视仆叙高愍女、杨烈妇，岂尽出班孟坚、蔡伯喈之下耶？"就是说，李翱以为，他的文章文采虽然不能与左丘明、司马迁相比，但还是可以与东汉文章大家班固、蔡邕相媲美的。《杨烈妇传》是李翱一篇很优秀的传记文。

文章先叙述事件之缘起："建中四年，李希烈陷汴州，既又将盗陈州，分其兵数千人，抵项城县。盖将掠其玉帛，俘累其男女，以会于陈州。"李希烈叛军攻陷汴州（今河南开封），又进攻陈州（今河南淮阳），以数千兵力进攻项城（今河南项城，当时隶属陈州），兵临城下，欲城破而大肆劫掠。在此危急存亡之际，"县令李侃，不知所为"，其妻杨氏显示出过人的智慧和胆识：

> 其妻杨氏曰："君，县令。寇至当守；力不足，死焉，职也。君如逃，则谁过？"侃曰："兵与财皆无，将若何？"杨氏曰："如不守，县为贼所得矣，仓廪皆其积也，府库皆其财也，百姓皆其战士也，国家何有？夺贼之财而食其食，重赏以令死士，其必济！"

杨氏分析形势，谋划策略，智慧、胆识卓绝。其夫李侃职为县令，守城护民，乃职责所在，即使战死，也是为国殉职尽忠。不战而逃，则非忠；弃民于敌，则非义。李侃尚忧虑守城而无兵、无财，而杨氏则以为一旦城池不守，城内府库之钱粮，皆为敌所有，百姓则成为叛军之士卒，全然无益于国家。因而主张散发府库钱粮，重赏百姓，使成为敢死之士，保卫城池，必然成功。显然，李侃迂阔，县城府库所囤积之钱粮，乃国家所有，未有上司命令，不敢轻易处置。而杨氏颇为通达，有远见，洞悉事情：府库之钱粮虽为国家所有，一旦不能守，则全然为叛军所有；城破则百姓被虏掠、胁迫，必然成为叛军之士卒，加强了叛军的力量。杨氏挺身而出、当机立断的果敢，令人感佩。杨氏先谋划于私室，后宣之于大庭广众，晓之以情，动之以义，谕之以理，鼓动士气：

> 于是，召胥吏、百姓于庭，杨氏言曰："县令，诚主也；虽然，岁满则罢去，非若吏人、百姓然。吏人、百姓，邑人也，坟墓存焉，宜相与致死以守其邑，忍失身为贼之人耶？"众皆泣，许之。乃徇曰："以瓦石中贼者，与之千钱；以刀矢兵刃之物中贼者，与之万钱。"得数百人，侃率之以乘城。

杨氏亲自动员、号召吏人、百姓抗拒叛军：县令诚然为一县之主，但届满之后，当然会离开县城，而吏人、百姓则是本地人，祖先坟墓在此，可以说无可逃遁，而保卫家乡，义不容辞，怎能失身为贼？晓之以情，谕之以理，将吏人、百姓置于必然抗战的境地。遂又明确悬赏，奖励忠勇，鼓舞士气，终于组成了数百人的守城队伍。其后，文章遂写杨氏亲自为守城吏民做饭、送饭，“无少长，必周而均”，很公平，能够团结一心。又指使李侃瓦解叛军的军心：“项城父老，义不为贼矣，皆悉力守死。得吾城不足以威，不如亟去，徒失利无益也。”既表示抗战的决心，又开导叛军，可以说恩威并用，有勇有谋。当李侃为箭射伤手臂，归家，杨氏批评说：“君不在，则人谁肯固矣！与其死于城上，不犹愈于家乎？”要李侃以身作则，激励士气，战死城上，也是殉职尽忠。李侃遂忍之，又登城守卫。果然，吏民英勇，射死骄横的叛军主帅，“贼失势，遂相与散走”，保全了项城，李侃得以升官。抗拒叛军取得胜利，同时也是对杨氏抗敌之初所谋划的“其必济”（抗战必胜）之回应。

杨氏为一女子，其智慧、胆识迥异于常人，与一般女子之孝顺、和睦、慈爱的品德亦大不同，“辨行列，明攻守勇烈之道，此公卿大臣之所难”。文章批评那些据守坚固城池，拥有强兵、财货之将军，“其勇不能战，其智不能守，其忠不能死，弃城而走者”太多了。而杨氏为一女子，却能如此行事，正是孔子所说的“仁者必有勇”。

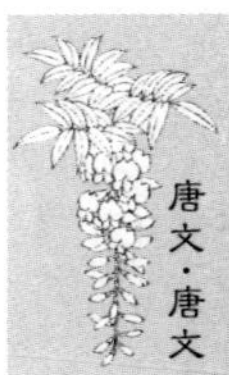

显然，文章塑造杨氏智勇、仁厚兼备的形象，主要是从四个场景来完成的。叛军兵临城下，而县令“不知所为”，杨氏挺身而出，积极谋划；大庭广众中，激励吏民，义不从贼；亲自劳作，同甘共苦，瓦解叛军；鼓励李侃带伤坚持，以身作则，抗拒叛军。文章善于渲染环境、气氛，在典型的环境、场景中，又主要是通过语言描写来完成人物形象的塑造，最后又与“弃城而走”

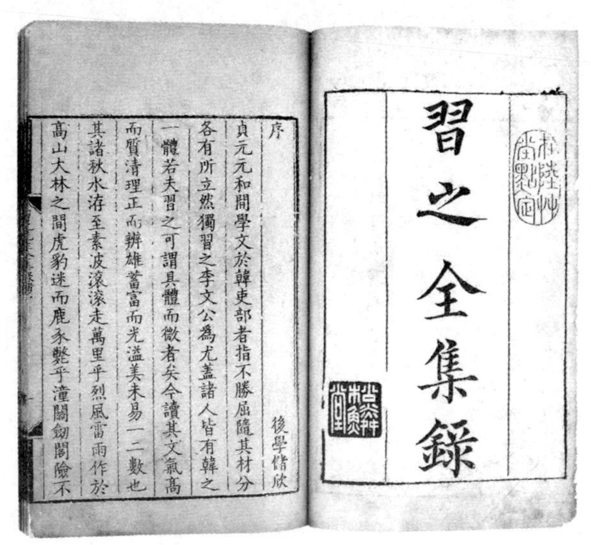
習之全集錄

序　　後學偕欣

貞元元和間學文於韓吏部者指不勝屈隨其材分各有所立然獨習之李文公爲尤盖諸人皆有韓之一體若夫習之可謂具體而微者矣今讀其文氣高而質清理正而辨雄蓄富而光溢美未易一二數也其諸秋水洊至素波滚滚走萬里乎烈風雷雨作於高山大林之間虎豹迷而鹿豕蹩乎潼關劒閣險不

李翱集

的文臣武将对比，与古代贤女相比较，更加突出了杨氏的刚正勇烈的形象。虽是传记，但写人物的风神如画，颇具有小说笔法。

当时受韩愈指点而成名的另一作家沈亚之，亦擅长文章。沈亚之，字下贤，吴兴(今浙江湖州)人。游于韩愈门下，沈亚之自己说："昔者余尝得诸吏部昌黎公，凡游门下十有余年。"韩愈郡望昌黎，遂自称韩昌黎。受业于韩门，沈亚之有自己的文学见解，希望能够继承孔子修《春秋》的褒贬大义、春秋笔法，效法《史记》——"旨《春秋》而法太史"，颇留心于"君臣废兴之际""义烈端节之事"，秉笔直书，不虚美，不隐恶，修成一代信史。因而，沈亚之颇重视人物传记的写作。《李绅传》是他的一篇代表性作品。李绅，字公垂，长庆年间的著名诗人，与白居易、元稹一道发起新乐府运动。著名的《悯农》诗"春种一粒粟，秋收万颗子。四海无闲田，农夫犹饿死"，就是李绅所作。

润州(今江苏扬州)刺史、兼盐铁使李锜搜刮民财，进奉朝廷，唐德宗很是宠信。李锜恃恩骄纵，浙西布衣崔善贞赴长安上书，论列李锜罪状，德宗却将崔善贞用枷锁铐起来，送归李锜，李锜遂"坑杀(活埋)善贞，天下切齿"，而德宗又任其为镇海军节度使。《李绅传》则写李绅在李锜幕府之事。文章先交待李绅与李锜发生交往的缘由及事件的背景。宪宗元和元年，李绅进士及第，因返吴中(苏州)探亲，途经扬州，李锜很看重李绅之才能，遂留为掌书记，第二年，李锜更为骄纵不法，宪宗召其入朝，李锜"称病不欲行，宾客莫敢言"，李绅则坚持劝谏，李锜不入朝，而李绅又无法离开扬州。李锜副使王澹促劝李锜入朝，李锜遂暗中鼓动军士，杀死王澹，尽食其肉。在这样的艰险处境中，李绅又为李锜之属下，一旦有不诚之心，则立即丧命。文章主要详细叙述李绅在此处境中，坚持不为李锜上奏朝廷的疏表：

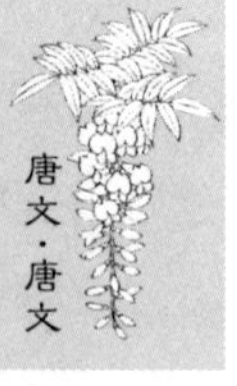

> 初，士卒当劳赐者皆会府中受赐，与中贵人临视，次至中军，士得赐者俱不散，齐呼曰："澹逆可食。"既尽，即执中贵人胁曰："尔宁遂众欲，宁饱众腹？"曰："请所欲。"曰："为我众书报天子，幸得复锜位。"贵人惧，伪诺之。召书记以书闻。绅闻之，亡入锜内匿，众索不得。及中贵人至，促锜行，锜益怒，急招绅授纸笔，令操书上牍。绅坐锜前，佯惴怖战，管摇纸下，札皆不能字。辄涂去。累数十行，又如是，几尽纸。锜怒骂曰："是何敢如是！汝欲下从而先人耶？"对曰："绅不敢恶生，直以少养长儒家，未尝闻金革鸣，今暴及此，且不知精神在所。诚得死在畏苦

前，幸耳。"锜复制以兵刃，令易纸，复然。傍一人为锜言曰："闻有许侍御纵者，尤能军中书，绅不足与等。请召纵。"纵至，锐意自举，授词操书，无不可锜意。遂幽绅于润之外狱。

形势很是危急，气氛极其紧张。吃了王澹之后，士卒遂执押宪宗的宦官使者，胁迫其顺从，令李绅写疏奏而从逆。李绅佯装惊惧战栗，笔摇纸颤，无法写字，几乎将纸张都涂抹完了；而李锜又以兵刃加身，胁迫李绅，"令易纸，复然"——重新换纸之后，还是老样子。描摹其情境、氛围，惊悚恐怖，栩栩如生，把李绅避祸作伪的神态、动作，写得惟妙惟肖，令人有身临其境之感。这段文字描写，有如小说戏剧之矛盾冲突的紧张场面，文字虽简短，但人物的对话、形象，场景、气氛之紧张压抑，全然浮现于眼前，可见沈亚之的叙事才能。李绅敢于进言，讽劝李锜忠于朝廷，不肯附逆，撰写疏奏，显然是"义烈端节之事"。沈亚之说，李绅在李锜幕府任职，"举动顾盼有一不诚，则肢体立尽众手。而绅亦不顾，晓然自效如此，可谓临大节而不可夺者耶"。

沈亚之另有一篇《冯燕传》，颇有小说的意味。冯燕少时以意气自许，为击毬、斗鸡等游戏。冯燕自许豪侠，听闻魏州（今河北大名）有争财相斗者，遂前往，抱打不平，杀人后亡匿，后为滑州刺史、义成军节度使贾耽留在军中效力。冯燕后与军将张婴的妻子有私情，张婴"闻其故，累殴妻，妻党皆怨望婴"。一次，张婴在外饮酒，冯燕赴张家幽会：

燕伺得间，复偃寝中，拒寝户。婴还，妻开户纳婴，以裾蔽燕。燕卑蹐步就蔽，转匿户扇后，而巾堕枕下，与佩刀近。婴醉且瞑。燕指巾令其妻取，妻取刀授燕，燕熟视，断其妻颈，遂巾而去。

描摹这一非常紧张的场面，沈亚之仅仅用了不到七十个字，写了三个人物在这一危险时间的举动、心理、感情。而"燕卑蹐步就蔽"——冯燕卑身、曲膝，亦步亦趋地跟随着那女子的遮蔽，写得活灵活现，人物情状，如在眼前。

张婴遂被叛死罪，就市行刑，围观者千余人。"有一人排看者来，呼曰：'且无令不辜者死。吾窃其妻，而又杀之，当系我。'吏执自言人，乃燕也。"冯燕在法场自首，遂使得故事一波三折。

冯燕事，在唐时盛传，实有其事。沈亚之也说，此事乃张婴的亲戚朋友亲闻亲见，转告于沈亚之的。而且，元和中，刘元鼎直接告诉其冯燕事件，因而得以写成传记。在当时看来，沈亚之显然是将其作为传记看待的，因而沈亚之曰："呜呼！淫惑之心，有甚水火，可不畏哉！然而燕杀不义，白不辜，真古豪矣！"感慨淫惑之心，猛于水火，应该引起人们的鉴戒。张妻不义，冯燕杀之，张婴蒙冤，冯燕救之，遂称燕为古之豪杰了。此乃这篇传记所要表达的主旨了。因其描摹的生动具体，情节之逼真传神，后世遂将其视为小说，近人汪辟疆编选《唐人小说》，遂收录了《冯燕传》，可见其影响之深广了。

二

李翱为韩愈弟子，与皇甫湜齐名，沈亚之亦游于韩门，得韩愈指导为文之法。李翱、皇甫湜专攻文章，不擅长写诗。而沈亚之则诗文兼擅，且诗名盛于文名，号称"吴兴才人"。其时称李翱得韩愈文章之正，皇甫湜得其奇，就其实际而论，李翱文章平铺直叙，不假修饰，议论亦简要；而皇甫湜文章则多追求意新语奇，甚至于辞句奇崛，走向险怪之文风。在传记、碑志文的写作上，注意褒贬大义，有为而作，实践其文以明道的主张，在技法上则擅长以典型事件写人物风神，甚至不惜以小说笔法，传神写照，这些显然是受了韩愈的影响。

韩愈《试大理评事王君墓志铭》是一篇奇文。墓志铭记述其人一生的功业、行事、品德，以传示后世，可以说是盖棺论定的评价了。此文写"天下奇男子"王适，一生流落飘零，有理想、有壮志而未能建功立业，不幸而逝，年仅四十四岁。可以说，其生平颇简单，实在没有多少事可以记述。而韩愈开篇则曰："君讳适，姓王氏。好读书，怀奇负气，不肯随人后举选。""怀奇负气"是奇男子王适的大节，遂以此四字为关键，层层展开，描摹其"怀奇负气"之胸襟。"见功业有道路可指取，有名节可以戾契致，困于无资地，不能自出，乃以干诸公贵人，借助声势。诸公贵人既志得，皆乐熟软媚耳目者，不喜闻生语，一见辄戒门以绝。"王适有大志，以为功名可立就，结果处处碰壁。金吾将军李惟简年少喜士，王适直入而禀告："天下奇男子王适愿见将军白事。""一见语合意，往来门下。"意气相投，辄倾盖如故。而强横不法的昭义军节度使卢从史，"奴视法度士，欲闻无顾忌大言"，闻其名，欲罗致幕府，而王适曰："狂子不足以共事。"显然，王适颇有节操，绝不为不义之事，而这正是奇男子之"奇"之"贵"。文章还写了王适骗婚一事，极具戏剧性：

初，处士将嫁其女，懲曰："吾以齟齬穷，一女怜之，必嫁官人；不以与凡子。"君曰："吾求妇氏久矣，唯此翁可人意；且闻其女贤，不可以失。"即谩谓媒妪曰："吾明经及第，且选，即官人。侯翁女幸嫁，若能令翁许我，请进百金为妪谢。"诺许，白翁。翁曰："诚官人耶？取文书来！"君计穷吐实。妪曰："无苦，翁大人，不疑人欺我，得一卷书粗若告身者，我袖以往，翁见未必取视，幸而听我。"行其谋。翁望见文书衔袖，果信不疑，曰："足矣！"以女与王氏。

娶妻先选择岳父，真是奇人。妻乃上谷处士侯高之女，而侯高乃奇士，自比为阿衡、太师（即伊尹、姜太公），只可惜世人不能信用其言。两奇人相遇，其奇崛疏狂之态，尽情写出。侯处士仅有一女，一定要嫁一个做官的人。而王适欺骗说自己明经考中进士，即是官人。说媒时，仅仅袖中藏了一件如告身（类似今日之文凭）一样的书卷，侯处士深信不疑，遂成婚姻。显然，这样的事情，不符合墓志铭的写作常规，而韩愈写入，正见王适那种抱道负义的奇崛品性，虽是用小说笔法写出，但对刻画人物，突现其风神，极为有力。

韩愈《国子助教河东薛君墓志铭》，写"气高，为文有气力，务出于奇，以不同俗为主"的薛公达，磊落有大节，然而不见重于时，沉沦下僚。军帅乃武人，不知书，而薛公达为之作书奏，军帅"读不识句"——读不下去，却将书奏"传一幕以为笑"——遍传幕府，讥笑薛公达文字不通顺，而薛公达"不为变"——不动声色：

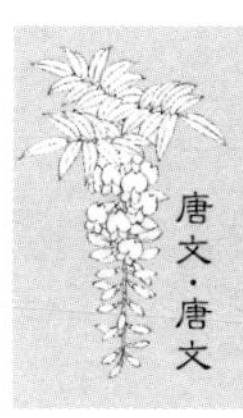

后九月九日大会射，设标的，高出百数十尺，令曰：中，酬锦与金若干。一军尽射，莫能中。君执弓，腰二矢，指一矢以兴，揖其帅曰："请以为公欢。"遂适射所，一座皆起，随之。射三发，连三中，的（箭靶）坏不可复射。中辄一军大呼以为笑，连三大呼笑，帅益不喜，即自免去。

文士有如此武艺，实为罕见。"射三发，连三中，的坏不可复射"，武艺超群，而又以全军将士的强烈反映，"中辄一军大呼以为笑，连三大呼笑"，突现场面、氛围的热烈，衬托薛公达之神勇。这样文武兼备的人才，辱没于小人之手，惜哉！而英雄失路之悲凉，虽未说出，却自然流露于字里行间了。这样特定场景的描摹，正是小说的细节描写，具体而生动地落实了薛公达的“气高，为文有气力，务出于奇，以不同俗为主”的性情、品格。

其实，这种春秋大义、小说笔法的写作方式，在韩愈以前就已经出现了。盛唐之张说，在传记类的文章中，就多用此种手法。如《兵部尚书代国公赠少保郭公行状》，记述郭元振的一生行事，既能勾要提玄，又颇为生动传神。“公名震，字元振，本太原阳曲人也”，“少倜傥廓落有大志，仪冠雄杰，身长七尺，美须髯”。年十六，入太学读书，与薛稷、赵彦昭同时，而家中寄钱四十万，作为学费。忽有一人叩门求告，说：“五世未葬，棺柩各在一方。今欲齐举大事，苦乏资用。闻君家信至，颇能相济否？”而郭元振“不问姓名，以车载去，一无所留”，深为薛稷、赵彦昭所讥诮，而郭元振说：“济彼大事，亦何诮焉？”郭元振颇具将略，谙熟兵法谋略，且英雄善战。为凉州都督、兼陇右诸军大使时，击退吐蕃后：“公以凉州西拒吐蕃，北有突厥，久示其弱，未扬天威。因征陇右兵马一百二十万，号二百万，集于湟州，营幕千里，举锋号令。”分兵十道齐进，过青海，几至赞普牙帐，“赞普屈膝请和”。在西域，拜骁骑大将军，兼安西大都护、四镇经略使，任金山道大总管时，乌质勒恃众倨傲，纵兵远掠，为害西域：

公以众寡不敌，难以力制，因率麾下数十骑径入部落，乌质勒大出兵卫出迎，望见公威容端毅，风鬣若神，不觉屈膝，因而下拜。公宣国威命，抗声与语。自朝至暮，雪深尺余，竟不移足。质勒频拜伏，语毕归帐，相去二十余里。质勒久立雪中，仓卒疾发，是夜暴卒。

此段文字，将漫天飞雪的壮丽奇伟景象、暗含杀机的危险，以及郭元振的凛凛风神，描摹如画，其忠诚智勇为国的精神，如在眼前。因乌质勒之死，诸蕃将大举兵众，追杀郭元振：“公闻质勒死，迟明，素服来吊，道路相逢，兵围数匝。娑葛见公忽来，未之敢逼，但言卫护汉使。公至其帐下，大哭流涕，因抚定其嗣，蕃人大喜，留数十日，助其葬事。”此后西域无事，道路肃清，遣使归降者十余国。

文章还写了郭无振灭毒龙之事：

初，安西南有毒河，远在葱岭西北。河岸百步，人畜踏之者辄死。公威振西域，所向无不从者。因验图经，知其源，率兵三万人，历于阗、康居、大食等十余国。所过之国，令供资粮，仍署其国主为左右总管，率兵

> 前进，北至葱岭。牙帐前十二国王兵百万余。其河源上有大树，高千余尺，垂荫数顷。大军至日，有黄龙绕树，以口吐毒气而拒官军，三军悉靓焉。公手书操檄文，令左拾遗张宣抗声读之，毕，黄龙解树而下，公率诸军诛之，数日方倒，聚而焚焉，河源且绝。数十里内，悉为良田。

郭元振诛杀葱岭西北之毒龙，颇有虚构，意在彰显郭元振之功业，以及大唐王朝无远不至的声威。牙帐前十二国王百万大军陈列，场面壮阔，而“河源上有大树，高千余尺，垂荫数顷”，“有黄龙绕树”，“口吐毒气”，虽所写颇为简洁，但极是传神，颇富小说意味。郭元振威振西域十四年，当受诏回朝之际，文章极尽铺排之能事：

> 勅至之日，举家进发。安西士庶、诸蕃酋长，号哭数百里，或剺面耳，抗表请留。因给之，而后即路。其至玉门关也，去凉州八百里，河西诸州百姓、蕃部落闻公之至，贫者携壶浆，富者设供帐，联绵七百里不绝。公旌节下玉门关，百姓望之，宛转叫呼，声动岩谷，自朝至暮，传呼至凉州。凉州城中男女在衢路，并歌舞出城，咸言：“吾父至矣！”通夜城门不受禁制。都督司马逸客闻之，谓公近矣，陈兵出迎，会骁骑至，云，始入玉门关。都督嗟叹良久。

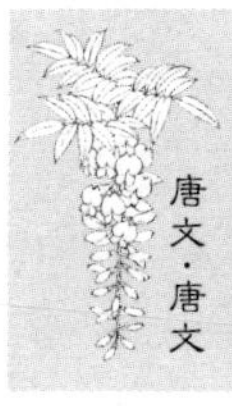

栩栩如生的描绘，将威振西域、为国爱民的一代名将郭元振经营西域、有利国家民生的千秋功业写活了。仅仅写官吏及各族百姓的热情挽留、送别，已足以彰显郭元振的风神、功业。而千里送别，场面热烈，气势奔腾，使人身临其境，亲闻其声，而为之感动激越。张说主要通过三个场景的艺术化细节描写，就全面展示出郭元振的千秋功业，描摹其风神，表现其精神，把郭元振——这位唐代出将入相的一代伟人写活了，立于纸面之上。

其实，张说的这种写法，就是小说的技法，或者说是艺术化的勾勒人物，虽文字简洁，然而人物的风神、品节，无不毕现。张说是唐代著名的作家，不但擅长诗文，还创作过影响深远的小说——唐传奇《虬髯客传》，写英雄美人，栩栩如生，创意设奇，开唐代小说之新局面。因而，张说在行状、碑志中，多运用小说技法塑造人物，刻画风神，是很自然的了。

吾国传记，由司马迁《史记》所开创的传记体史书影响甚巨。司马迁深受孔子修《春秋》微言大义以寓褒贬的传统影响,很重视褒贬大义,发挥其劝善惩恶的积极意义。司马迁主张不虚美、不隐恶之“实录”,然而在具体的写作中,剪裁史料,表现人物风神,往往有小说技法——符合人物性格的艺术性虚构,来表现人物的性格、情态、风神,取得了良好的效果。如《史记·项羽本纪》,秦始皇东游会稽,渡过浙江,项羽与叔父项梁皆在人群中围观,而项羽看见秦始皇随从众多,仪仗甚大,遂脱口而出:“彼可取而代也。”项梁慌忙掩其口曰:“毋妄言,族矣。”然而项梁也因此而看重项羽。项羽身长八尺,力能扛鼎,才气过人,虽吴中子弟,皆忌惮之。《高祖本纪》写刘邦曾入咸阳服徭役,看到秦始皇出游的盛大场景,“喟然太息曰:嗟乎!大丈夫当如此也。”显然,无论是项羽讲“彼可取而代也”,还是刘邦喟叹“大丈夫当如此也”,当时情景,并非有人在现场记录,而是司马迁根据项羽、刘邦的个性特点而虚构出来的,虽皆表现不满于秦的统治,但是确有根本的区别:表现项羽之粗豪坦率,无心计,胸无城府,口无遮拦;刘邦则是羡慕、热切,胸有城府,老谋深算,却又垂涎富贵尊荣的无赖心理。

《项羽本纪》写钜鹿之战,项羽破釜沉舟,背水一战:

当是时,楚兵冠诸侯,诸侯军救钜鹿下者十余壁,莫敢纵兵。及楚击秦,诸将皆从壁上观。楚战士无不一以当十,楚兵呼声动天,诸侯军无不人人惴恐。于是已破秦军,项羽召见诸侯将,诸侯将入辕门,无不膝行而前,莫敢仰视。

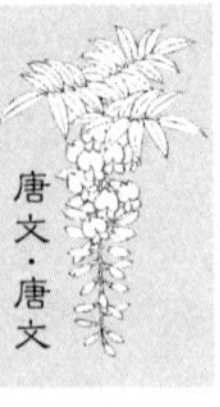

此战遂奠定了项羽西楚霸王的地位,也将西楚霸王的神威写得神气活现,而诸侯将入辕门,“无不膝行而前,莫敢仰视”。同样的描写战斗,项羽垓下之围中,英雄末路的凄凉、悲伤,亦写得极其生动:

项王军壁垓下,兵少食尽,汉军及诸侯兵围之数重。夜闻汉军四面皆楚歌,项王乃大惊曰:“汉皆已得楚乎?是何楚人之多也?”项王则夜起,饮帐中,有美人名虞,常幸从,骏马名骓,常骑之。于是项王乃悲歌慷慨,自为诗曰:“力拔山兮气盖世,时不利兮骓不逝。骓不逝兮可奈何,虞兮虞兮奈若何!”歌数阕,美人和之。项王泣数行下,左右皆泣,莫能仰视。

英雄末路，凄凉悲伤。“项王泣数行下，左右皆泣，莫能仰视”，对照钜鹿之战中，诸侯将之“无不膝行而前，莫敢仰视”，真有天壤之别了。显然，这两节的文字，有历史的事实，亦有艺术性的虚构，如此才将风云之气、儿女之情的项羽描写得如此真实，颇符合其性格、命运发展的内在逻辑。

可见，传记类的文章，应该以《春秋》笔法，写其褒贬之微言大义，劝善惩恶，有益于世；亦可以运用小说技法，进行符合人物性格逻辑的虚构，增加文章的生动性、可读性，从而更好地表现人物的性格、风神。在这方面，张说、韩愈、李翱、沈亚之等唐代文人，做出了积极而可贵的贡献，扩大了唐文的叙写功能。

敦煌莫高窟 103 窟

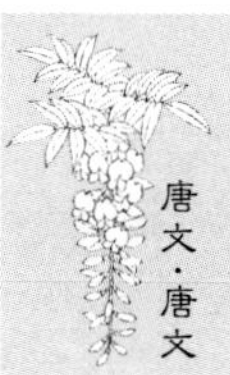

奉官守职，兼济独善

——白居易《江州司马厅记》、韩愈《蓝田县丞厅壁记》

宰相武元衡主张用兵平定藩镇叛乱，节度使李师道派刺客行刺，以为武元衡死，则其他宰相不敢主谋伐叛，将争劝天子罢兵矣。如此，则藩镇即可拥兵自重，自由任用官职，与朝廷对抗。元和九年六月，宰相武元衡天未明即去上朝，刚离开所居住的靖安坊东门，即有刺客自暗中突出，杀死武元衡，取其颅骨而去。又入通化坊，击杀宰相裴度。所幸裴度头戴毡帽，伤其首而不得死，仆人王义护卫裴度，刺客断王义手臂而去。长安大骇，朝士天未明而不敢出门，官吏不敢搜捕刺客。白居易首上疏，请急捕刺客以雪国耻："自古未有宰相横尸路隅，而盗不获者，此朝廷之辱也。"白居易时任太子左赞善大夫，宰相以白居易职非谏官，不该越职言事，而有素恶白居易者，遂落井下石，乘机排挤，白居易遂被贬为江州（今江西九江）司马。

白居易

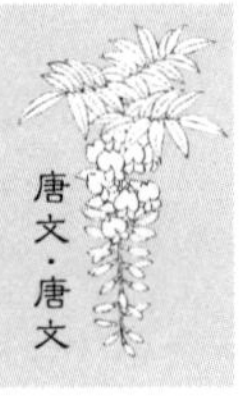

白居易一心为国，却蒙受如此冤诬，愤激难平，其思想遂从积极进取，转变为消极避世、独善其身。当江头送客之时，闻舟中有夜弹琵琶者，乃长安娼女，曾经学艺于穆、曹二善才，而年长色衰，遂嫁为商人妇。因思及少小时欢乐事，感慨如今之漂沦憔悴，转徙于江湖间的凄凉无奈，遂借弹奏琵琶以排遣寂寞。琵琶女的自述及演奏，引起了白居易的漂零沦落之感，遂作《琵琶行》以寄怀抱：

自言本是京城女，家在虾蟆陵下住。十三学得琵琶成，名属教坊第一部。曲罢长教善才服，妆成每被秋娘妒。五陵年少争缠头，一曲红绡不知数。钿头银篦击节碎，血色罗裙翻酒污。今年欢笑复明年，秋月春风等闲度。弟走从军阿姨死，暮去朝来颜色故。门前冷落鞍马稀，老大嫁作商人妇。商人重利轻别离,前月浮梁买茶去。去来江口守空船,绕船明月江水寒。夜深忽梦少年事,梦啼妆泪红阑干。我闻琵琶已叹息,又闻此语重唧唧。同是天涯沦落人,相逢何必曾相识。

共同的天涯沦落之经历与感伤,使得白居易泪湿青衫。大概又过了两年,即元和十三年,白居易在江州司马任上已经是三年多时间了,对司马这个官职有了直接的体认,对自己被投闲置散的处境有了更深的感受。白居易遂写有《江州司马厅记》。

一般来说,厅壁记类的文章,均要写及公署设官任之职能和基本职责,白居易此文也不例外。司马,属于州之佐官,乃辅助州之长官,做具体的公务。自唐高祖以来,地方郡守之职,归诸侯帅管理;而郡佐之职,则为尚书省六部管理,"自五大都督府至于上中下郡,司马之事尽去,唯员与俸在"——即只保留下了司马一职的职位和俸禄,而无司马之职事。所任司马之职者,"凡内外文武官左迁右移者第居之"——大凡贬官者皆出任之;司马的管理上司,皆是一些"仕久资高、耄昏软弱不任事、而时不忍弃者"——即一批任职久、资历老、年龄大、软弱,而又不任事、上级不忍心抛弃的人,也就是一批昏聩无能的老官僚而已。这些老官僚,"进不课其能, 退不殿其不能"——既不考核司马的才能, 也不批评其不作为,因而任职司马,"才不才,一也"——有无才能,是一个样子。因此,如果任职司马,希望有所作为,即使任职一天,也不会快乐;如果有人希望"养志忘名",不作为而独善其身,即使终身任职司马,也不会不快乐。因而,白居易说:"官不官,系乎时也;适不适,在乎人也。"

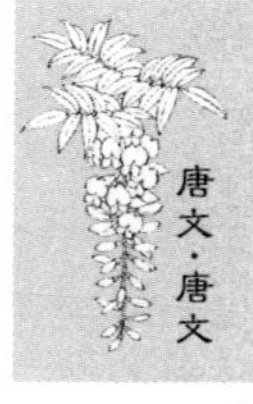

正是由于这样的原因,文章遂写江州风景之美,而司马一职之清闲:

江州左匡庐,右江湖,土高气清,富有佳境。刺史,守土臣,不可远观游;群吏,执事官,不敢自暇佚;惟司马绰绰可以从容于山水诗酒间。由是郡南楼山、北楼水、湓亭、百花亭、风篁、石岩、瀑布、庐宫、源潭洞、东西二林寺,泉石松雪,司马尽有之矣。苟有志于吏隐者,舍此官何求焉!

江州风景绝佳,气候宜人,刺史职责重大,不能远游;群吏事情繁多,不敢自由放假游乐;只有司马一职,时间自由,可以从容游山玩水,吟诗饮酒。文章还详细地罗列了江州的风景名胜,司马皆已游历玩乐过了。从而提出了司马正是"吏隐”的最好的职位。所谓吏隐，即虽然为官，却无事干扰，如同隐士一样自由自在；而又有为官的俸禄，保证了生活的安逸。据《唐六典》，江州属上州，司马品秩为从五品，月俸六七万贯，岁廪数百万石，收入很好。因此文章说：

官足以庇身，食足以给家。州民康，非司马功；郡政坏，非司马罪。无言责，无事忧。噫，为国谋，则尸素之尤蠹者；为身谋，则禄仕之优稳者。予佐是郡，行四年矣，其心休休如一日二日，何哉？识时知命而已。又安知后之司马不有与吾同志者乎？因书所得，以告来者。

司马一职，无事可做，乃谋食保家之好职业；州郡政治之好坏、百姓生活之贫富，均与司马无关。从国家来说，则是尸位素餐之佳地，从个人来说，是领取工资以谋生活的最好的地方。说自己为司马将近四年，内心安适，如同仅仅过了一二天，是因为能够把握时机而知天命的原因。

白居易

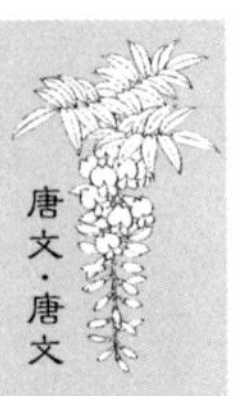

按惯例，作为“厅壁记”，不免讲几句司马一职的沿革，但主要却是说司马职位，大都为安置被贬人员，而其管理阶层则是昏聩、无能、软弱的老官僚，因而不须有所作为，只须占其职位而领取国家俸禄，无功、无罪、无责、无忧，是“吏隐”的好职位。文章以一种安适心态说，其关键在于“识时知命”。文章看似相当平和，实际上却是因直言被贬之后，弃置不用，遂有感而发的不平与愤懑，平和宁静的文字之间，却有着不可压抑的郁愤不平之气。元和十年，白居易给好友写信，论宰相武元衡被杀，遂率先上书而遭贬谪的经历及愤懑，即《与杨虞卿书》，有曰：

去年六月，盗杀右丞相于通衢中，迸血髓，磔发肉，所不忍道。合朝震栗，不知所云。仆以为书籍以来，未有此事，国辱臣死，此其时耶！苟有所见，虽畎亩皂隶之臣，不当默默；况在班列，而能胜其痛愤耶？故武相之气平明绝，仆之书奏日午入。两日之内，满城知之。其不与者，或诬以伪言，或构以非语。

宰相武元衡被杀，震惊朝野，而白居易当日中午上书，强烈要求捕盗以雪国耻。某些不赞同白居易的官僚，诬告之，中伤之，以为白居易不在谏官之列而率先言事，乃沽名钓誉。白居易遂被贬谪为九江司马。其愤激之情以及由此得罪的抑郁不平之气，可以想见。因此，在这篇《江州司马厅壁记》中，借司马一职之空设，抒发投闲置散的悲愤。被贬江州，使白居易的思想发生了很大的转变，由前期的兼济天下的积极有为，转变为后期独善其身的消极避世，此后，虽混迹官场，但只是他“吏隐”的一种生活方式。当然，在可能的条件下，白居易还是主动做了许多利国利民之事，不过，再也没有前期的那种积极的人生态度了。这是白居易个人的可悲处，也是这个时代的悲剧。

司马为州之高级佐官，却大都安置贬谪官员，或提供职位，让一些官僚不做事而领取国家俸禄，凡有志成就一番事业者，如任其职，则极易沉沦埋没。而县之佐官的情况，将如何呢？韩愈有一篇《蓝田县丞厅壁记》，乃因其友人崔立之出任蓝田县丞，有感而写。崔立之，字斯立，奇崛有才志，贞元四年进士，六年，又中博学宏词科。

白居易墓

丞，乃县令的副职，辅佐县令处理公务，地位仅次于县令，是全县的第二把手，位尊权重。正因为如此，县丞往往处于颇尴尬的境地：县令压制，县尉、县吏常常越过县丞而接受县令的直接领导，并欺侮县丞。县丞遂不得不放弃职权，虚与委蛇，以求苟且。《蓝田县丞厅壁记》开篇则写丞之职责、权利，以及尴尬的境地：

丞之职所以贰令，于一邑无所不当问。其下主簿、尉，主簿、尉乃有分职。丞位高而偪，例以嫌不可以否事。文书行，吏抱成案诣丞，卷其前，钳以左手，右手摘纸尾，雁行以进，平立睨丞曰：“当署！”丞涉笔占位署，惟谨。目吏，问“可不可”，吏曰“得”，则退，不敢略省，漫不知何事。官虽尊，力势反出主簿、尉下。谚数慢，必曰“丞”，至以相訾謷。丞之设，岂端使然哉！

此段文字写吏与丞的工作交往，很是生动，形神毕现，刻画其灵魂，入木三分。吏怀抱“成案”（已经作完的卷宗），卷着“成案”的前面，左手“钳”住，以防县丞看见，而右手拽住卷宗的尾部，象大雁一样高高昂着头，很傲慢地直接走进来，“平立睨丞曰：当署！”只是要丞签字画押，而不让丞知道是为何事而签字画押，而一“得”（即好嘞）字，写尽吏之欺侮，以及小人得志的傲慢、猖狂。丞则小心翼翼，在吏指定的位置签字画押，“惟谨”，而“目吏”，以眼光示意，不敢多问多说；不敢多看一眼，对于自己所画押之事，“漫不知何事”。而世俗谚语则指责丞之简慢，丞还成为人们互相指责、批评的恶谥了。因而，“丞之设，岂端使然哉”，其感慨颇深沉。

崔立之“种学绩文，以蓄其有，泓涵演迤，日大以肆”，考中进士，“以前大理评事言得失黜官”，出任蓝田县丞。刚到任，“喟曰：官无卑，顾材不足塞职。”官职无高卑，只是担心才能是否胜任罢了，颇有一番作为的想法。然而，很快就体会到了丞之职位的无所作为、无奈，“又喟曰：丞哉，丞哉！余不负丞，而丞负余。”遂磨去棱角，打消了有所作为的想法，顺应了丞的原有习惯，成为一个地地道道的无所作为、虚应景象的县丞。其间，该有多少无奈和辛酸！崔立之的真正的县丞生活开始了：

丞厅故有记，坏漏污不可读，斯立易桷与瓦，墁治壁，悉书前任人名氏。庭有老槐四行，南墙钜竹千梃，俨立若相持，水㶁㶁循除鸣，斯立痛扫溉，对树二松，日哦其间。有问者，辄对曰：“余方有公事，子姑去！”

不可能有所作为，遂整治县署丞厅环境、卫生：有四行老槐树，千余支大竹，又种二棵松树，水流台阶前，重修厅壁，将前任丞的姓名书写其上，似为记述往事，实乃对千古人才埋没而发无声之痛哭了。崔立之每天吟诵于其间，且以“余方有公事，子姑去”来应对，显然成为一位“合格”的县丞了。其无奈、尴尬，以及消解有所作为理想的伤痛，皆尽在不言中了。

文章写法上很有特色。韩愈不便说县丞应该过问、管理全县之事务，又不便说崔立之不应该作县丞，只是描绘县丞之职责及惯例——县丞不能过问事务；遂转入崔立之乃有学问、有气节之人，想有一番作为，然而为县丞却不得不按惯例行事，而崔立之“喟曰”“又喟曰”的两次感慨，写尽了欲有所作为和事实上的不能作为的尴尬、无奈。结尾叙述崔立之顺应惯例，以虚度岁月。如此，则将县丞不应该空设，批判埋没人才的现实意义跃然纸上。至此，文章之意全然呈现。

在韩、白之前，道州刺史元结写有《道州刺史厅壁记》，有感于州郡长官乃一地方之最高长官，其才能、品德，皆可以影响一方百姓的生活，元结说：

> 天下太平，方千里之内，生植齿类，刺史能存亡休戚之；天下兵兴，方千里之内，能保黎庶，能攘患难，在刺史耳。凡刺史，若无文武才略，若不清廉肃下，若不明惠公直，则一州生类，皆辱灾害。於戏！

元结说，自任道州刺史以来，看到“井邑丘墟，生民几尽”，询问其缘由，不觉泪下：

> 前辈刺史，或有贪猥昏弱，不分是非，但以衣服饮食为事。数年之间，苍生蒙以私欲侵夺，兼之公家驱迫，非奸恶强富，殆无存者。问之耆老，前后刺史能恤养贫弱、专守法令，有徐公履道、李公廙而已。偏问诸公，善或不及徐、李，恶有不堪说者，故为此记，与刺史作戒。自置州以来，诸公改授迁绌年月，则旧记存焉。

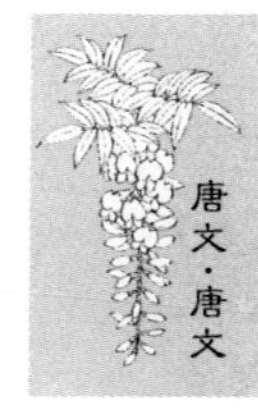

前任刺史，仅仅有徐履道、李廙二人乃体恤百姓、专守法令之人，其他多“恶有不堪说者”，可见吏治之情状了。这些昏聩贪婪的刺史，治郡养民无能，贪污受贿有术，上任之后，即贪赃枉法以中饱私囊，百姓深受残害；又以官方徭役驱使百姓，使之流离失所，无法自存，只有“奸恶强富”者可以生存。元结作此厅壁记，目的在于引起刺史之惩戒，体恤民生，尽力国事，而非为登录历任刺史之大名，以求流传后世。

元结的这篇厅壁记，说到了作为郡州长官刺史的痛处，指责其贪残，不能尽职、无所作为，后任刺史许子良将元结的这篇《道州刺史厅壁记》移出刺史厅，而弃置于北牖之下，自己撰写了一篇歌功颂德的厅壁记。后来，参加永贞革新的中坚人物吕温，出任道州刺史，见到了这两篇厅壁记。吕温遂作有《道州刺史厅后记》，表彰元结，而批评许子良之类官僚之无良，并且重新将元结的这篇文章，书写在道州刺史厅的墙壁上，以推广元结的志向。文章说：

> 壁记非古也。若冠绶命秩之差，则有格令在；山川风物之辨，则有图谍在。所以为之记者，岂不欲述理道，列贤不肖，以训于后，庶中人以上得化其心焉。

吕温为厅壁记正名。厅壁记，不是写官职爵位的，因为有朝廷格令在；不是写山川风物的，因为有朝廷图谍在。厅壁记乃叙述州郡治理之道，罗列历任的贤良与不肖，以引起后人的警诫，从而教化风俗，使之淳厚而已。但是，历来的作者却不是这样，把撰写厅壁记当作夸示自己声名、学业，展示文才的场地，“居其官而自记者则媚己，不居其官而代人记者则媚人”——当官的自己写，则是谄媚自己；为当官的人写，则是谄媚他人，将《春秋》美刺褒贬的微言大义全面抛弃了。只有元结是清醒而可贵的：

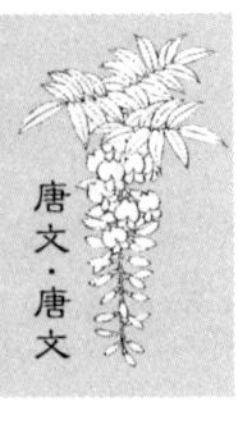

> 贤二千石河南元结，字次山，自作《道州厅事记》，彰善而不党，指恶而不诬，直举胸臆，用为鉴戒，昭昭吏师，长在屋壁。彼贪虐放肆，以生人为戏者，独不愧于心乎！

元结很清楚厅壁记的价值，因而所作《道州刺史厅壁记》与众不同，“彰善”“指恶”，直言无隐，以“用为鉴戒”，书于墙壁之上，作为官吏的座右铭，以时时针砭、提醒。

厅壁记之类文章，较多地记述了唐代郡、县两个主要地方机构的相关职守及其佚事，一般来说，都要讲一讲某一官职的职守及责任，记述郡县的沿革，或讲地方的风土人物，或讲该地所发生的事件，或讲自身对这一职守的体认，大都比较真实地反映了一地一职的基本情况，往往为正史所不记载，是唐代社会的一面镜子，具有比较高的认识价值和艺术价值，值得重视。

随物赋形，情采兼备

——舒元舆《牡丹赋》、皮日休《桃花赋》

牡丹是唐代的国花，大为时人所赏爱。长安城中，王公贵人、士庶百姓，游赏牡丹，成一时之盛事。每年暮春时节，车马若狂，不以游赏牡丹、玩乐为耻，而以之为时尚。甚至于一丛牡丹花，价值可高达数万金者。高宗时，宫中生长出双头牡丹，遂大宴群臣，赏花，赋诗，其间上官婉儿所写一联诗极其绝丽。

起初，牡丹并不为时人所重，武则天是并州文水(今属山西)人，家乡佛寺种有牡丹，颇为艳丽，很是喜爱。武则天为高宗皇后，感叹长安未有牡丹，遂命人移种，由此，长安牡丹每到暮春盛开，游人如织，争相赏花。相传，武则天称帝之后，元宵节灯会，所惜未有鲜花，遂命百花开放，如不从命，则以火刑炙烤之；百花不敢违命，遂一夜盛开，唯有牡丹未见吐蕊抽叶。武则天大怒，将牡丹逐出长安，贬往洛阳，从此洛阳牡丹甲天下了。

唐人爱赏牡丹，多为之写诗歌咏，沉醉于牡丹之美艳。白居易有《牡丹芳》诗，描绘牡丹之美艳绝丽，有画工之妙，且能传其神：

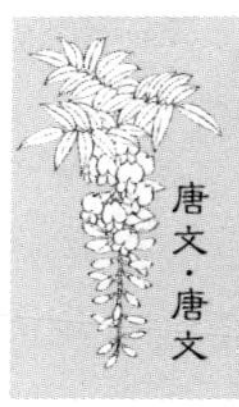

牡丹芳，牡丹芳，黄金蕊绽红玉房。千片赤英霞烂烂，百枝绛点灯煌煌。照地初开锦绣段，当风不结兰麝囊。仙人琪树白无色，王母桃花小不香。晓露轻盈泛紫艳，朝阳照耀生红光。红紫二色间深浅，向背万态随低昂。映叶多情隐羞面，卧丛无力含醉妆。低娇笑容疑掩口，凝思怨人如断肠。秾姿贵彩信奇绝，杂卉乱花无比方。石竹金钱何细碎，芙蓉芍药苦寻常。

牡丹不但艳丽，而且如美人，多情而有生机："向北万态随低昂"，写牡丹之随风摇曳，姿态横生，妩媚多情；"映叶多情隐羞面，卧丛无力含醉妆"，写牡丹从枝叶中亭亭玉立，或为枝叶掩映，如含羞少女，或枝杆斜卧，如娇女沉醉；"低娇笑容疑掩口，凝思怨人如断肠"，牡丹或如掩口而笑的佳人，或如凝神思慕、神情肃穆的女子，真是极其美艳。豪贵权要，士庶百姓，皆沉迷于欣赏牡丹，所谓"花开花落二十日，一城之人皆若狂”。

为牡丹写诗、绘画、撰记、志谱、写史、歌诗的人不少，而第一个为牡丹写赋的人，则是舒元舆。舒元舆是婺州东阳（今浙江东阳）人，出身寒门，而才学过人，锐意进取。唐文宗很赏识其自荐精神，但宰相却批评他浮躁诞肆、不可大用。《牡丹赋》有序说，古人言花，未曾有论及牡丹者。是因为牡丹僻居深山，不为贵人所知罢了。武则天喜爱牡丹，遂使游人如狂，追赏不已，形成一时盛况。遂写《牡丹赋》以描摹其美艳焉。赋文以为，牡丹乃得天地之精华，遂为百花之王，美艳香浓。牡丹得天地之元气，每至暮春时节，“百脉融畅，气不可遏。兀然盛怒，如将愤泄”——鲜花怒放。舒元舆描摹牡丹之外形，有曰：

> 赤者如日，白者如月。淡者如赭，殷者如血。向者如迎，背者如诀。坼者如语，合者如咽。俯者如愁，仰者如悦。裹者如舞，侧者如跌。亚者如醉，曲者如折，密者如织，疏者如缺。鲜者如濯，惨者如别。

描绘牡丹初绽的千姿万态。色泽上，有赤、白、淡、殷，浅深不同。形状上，相向而开者，如迎客，相背而开者，如诀别；绽开的鲜花，如张口欲语，含苞待放者，如含愁哽咽；低俯者如愁苦，仰起者如喜悦；摇曳者如舞蹈，倾斜者如跌落；低垂者如醉酒，弯曲者如折腰；花朵密集者如锦绣之繁复，疏朗者如图画之留白；花朵鲜艳者如洗濯，疏淡者如含别愁。描摹牡丹之形态，非常生动传神。文章接着写到牡丹绽放，色泽由淡至浓的动态过程：“初胧胧而上下，次鲜鲜而重迭”，白天有阳光之照耀，夜晚有雨露之滋润，牡丹盛开，欣欣向荣：

> 或的的腾秀，或亭亭露奇。或飐然如招，或俨然如思。或带风如吟，或泣露如悲。或垂然如缒，或烂然如披。或迎日拥阶，或照影临池。或山鸡已驯，或威凤将飞。其态万万，胡可立辨。不窥天府，孰得而见。乍疑孙武，来此教战。

描摹盛开的牡丹姿态，淋漓尽致。舒元舆还以西施、洛神来比拟牡丹之美艳，刻画其神情韵致：“或倚或扶，朱颜已酡”，“灼灼夭夭，逶逶迤迤”。成群的牡丹盛开，如同三千汉宫女子之美艳，亦如银河繁星。文章还写到了夜晚牡丹花之美丽：“席发争烛，炉生绛烟”，朦朦胧胧，如洞府群仙相会，在晶荧的灯火中，“凝睇相看，曾不晤言”，惊叹牡丹未着春雨，其美艳已惊诧莲花；如牡丹鲜花着雨露，美艳将何如耶？文章赞美牡丹为百花之王，“脱落群类，独占春日”，鲜花绽放，“其大盈尺，其香满室”，花叶如翠羽，花蕊如金屑。百花无法与之争艳，自愧弗如，只好让牡丹占尽春色：

玫瑰羞死，芍药自失。夭桃敛迹，秾李惭出。踯躅宵溃，木兰潜逸。朱槿灰心，紫薇屈膝。皆让其先，敢怀愤嫉。

舒元舆以巧妙的比喻，铺陈的手法，从不同的角度，表现不同时间、空间牡丹之美艳：刻画其美肌腻肤、神情韵致、争奇斗艳、婀娜多姿。传神写照，如睹其形，鲜花绽放，如闻其香，香气袭人，给人以美的享受。赋的结尾，曲终奏雅，舒元舆还是写出一点感慨：牡丹原未为人所赏爱，幽独在深山，“何前代寂寞而不闻，今昌然而大来。曷草木之命，亦有时而塞，亦有时而开？”寄寓了人事遭际的感慨和无奈，多少有一些借物言志的意味。联系舒元舆的身世及求仕经历，此种意味更显豁了。唐文宗时，舒元舆官做到宰相，积极谋划，欲铲除宦官专政之制，孰料甘露事变中，舒元舆被宦官所杀。文宗于便殿赏牡丹，吟诵《牡丹赋》：“俯者如愁，仰者如悦。开者如笑，合者如咽。”为之泣下霑衣，可见其感人之深。

牡丹

作为文体，赋即是铺陈，讲求体物写志——描摹物象，表达情感与思想。赋之写作，乃睹物兴情，因而“拟诸形容，则言务纤密；象其物宜，则理贵侧附”——即描摹物象，语言务必细腻贴切；表现事物的真实情状，道理贵在符合事物本身。情思由于外物而兴起，所以内涵必须明白雅正；外物通过情思来体现，所以文辞必须巧妙绮丽，相得益彰，即刘勰《文心雕龙·诠赋》所说“情以物兴，故义必明雅；物以情观，故词必巧丽”，而且，赋更应

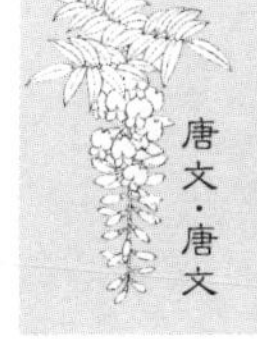

该文采之富赡华美,《物色》说:“写气图貌,既随物以宛转;属采附声,亦与心而徘徊。”描摹物象,是伴随着强烈的情感活动的,情感与物象的交融,才会刻画逼真,传神写照。从赋的基本来看,舒元舆的《牡丹赋》很好地体现了这些特点,深获赞誉,称其工丽。

舒元舆有杰出的文学描写才能,如《长安雪下望月记》写大雪纷飞:“玉花搅空,舞下散地。”写雪夜望月:“初夜有皓影入室,室中人咸谓雪光射来,复开门偶立,见沍云驳尽,太虚真气,如帐碧玉。有月一轮,其大如盘,色如银,凝照东方,辗碧玉上征,不见辙迹。”如《录桃源画记》描摹景象:“其水趣流,势与江河同。有深而绿,浅而白,白者激石,绿者落镜。溪南北有山,山如屏形,接连而去。峰竖不险,翠秾不浮。其夹岸有树木千万本,列立如揖,丹色鲜如霞,擢举欲动,灿若舒颜。”描摹一幅图画,让人犹如亲临真山真水之中,甚是亲切可人。

舒元舆文学才能卓著,书奏、碑志、游记、序、诗、赋等各种文体兼善,文章现实性强,往往借题发挥,以小见大。舒元舆自称其文章“锻炼精粹,出入今古数千百年,披剔剖抉,有可以补教化者未始遗”,史称“文檄豪健,一时推许”。

牡丹为百花之王,尤为唐人所欣赏;而桃花随处皆有,不择地而生长,普通之极,司空见惯,不为人重视。有感于此,皮日休遂作《桃花赋》。

《桃花赋》描摹桃花,颇能随物赋形,穷形尽相。春天一到,天地精气凝聚,“有艳外之艳,华中之华,众木不得,融为桃花”。桃花如何呢?“其美实多”,文章遂全面描摹桃花之美:“儓隶众芳,缘饰阳和。开破嫩萼,压低柔柯。其色则不淡不深,若素练轻茜,玉颜半酡。”儓隶,即奴隶。谓桃花压倒众花,最先报春,点缀春天阳和之景;吐出花萼,密密匝匝,压低了轻软的枝条,花色不淡不深,白中透粉,粉中带白,如同白色的丝练轻轻点染了茜红,如同美人微微醉酒,皎洁的脸颊隐隐透红。当桃花连片盛开之时:“若夫美景妍时,春含晓滋,密如不干,繁若不枝,婥婥婉婉,夭夭怡怡。”桃花繁密,看不见枝条,茂密柔和,美夭和乐,真是令人赏心悦目。文章进而描摹桃花之形态:

> 或俯者若想,或闲者如痴;或向者若步,或倚者如疲;或温馨而可熏,或媠嫷而莫持;或幽柔而旁午,或撦冶而倒披;或翘矣如望,或凝然若思;或奕偞而作态,或窃窕而骋姿。

描摹桃花之情态,穷形尽相,栩栩如生:低俯者如沉思,闲逸者如发痴;向前者似乎款款走来，靠后者似乎累然疲倦。温香袭人，娇艳莫持；枝条柔软而交错纷披，颜色美好而倒转展露。如美人翘首眺望，如佳丽凝想出神，作姿作态，争奇斗艳。而且，桃花极其随和，与其周围景物可以很协调地构成新的美景图画："日将明兮似喜，天将惨兮若悲；近榆钱兮粧翠靥，映杨柳兮颦愁眉。"阳光明媚之时，桃花含笑明艳，天色阴沉之际，桃花含悲暗淡；桃花与榆钱相近，嫩绿粉红相衬，与杨柳相映，柳叶如愁眉轻蹙，美不胜收。文章进而以美人来比拟桃花：

> 轻红拖裳，动则袅香，宛若郑姬，初见吴王。夜景皎洁，哄然秀发，又若嫦娥，欲奔明月。蝶散蜂寂，当闺脉脉，又若妲己，未闻裂帛。或开故楚，艳艳春曙，又若息妫，含情不语。或临金塘，或交绮井，又若西子，浣纱见影。玉露厌浥，妖红坠湿，又若骊姬，将谮而泣。或在水滨，或临江浦，又若神女，见郑交甫。或临广筵，或当高会，又若韩娥，将歌敛态。微动轻风，婆娑暖红，又若飞燕，舞于掌中。半沾斜吹，或动或止，又若文姬，将赋而思。丰茸旖旎，互交递倚，又若丽华，侍宴初醉。狂风猛雨，一阵红去，又若褒姒，初随周主。满地春色，阶前砌侧，又若戚姬，死于鞠域。

桃花之美，如初见吴王之郑旦；如欲奔明月之嫦娥；如当闺脉脉之妲己；如含情不语之息妫；如浣纱见影之西施；如娇态含泣之骊姬；如见郑交甫之神女；如将歌敛态之韩娥；如舞于掌中之赵飞燕；如将赋而思之蔡文姬；如侍宴初醉之张丽华；如初嫁幽王之褒姒；而桃花飘零，如戚夫人之将死。以美人的各种情态，状摹桃花之形神，实则以拟人手法，传神写照，这正是赋之铺陈的本色写法。

在皮日休看来，许多花"或以怪而称珍，或以疏而见贵；或有实而花乖，或有花而实悴"，多有不足。而桃花则"花品之中，此花最异"，桃花美艳，可以赏心悦目，桃子甘甜，可以果腹——"其花可以畅君

桃花

之心目，其实可以充君之口腹”，而其他的花是无法与之媲美的，只是桃花“以众为繁，以多见鄙”，“自是物情，非关春意”，因此皮日休要“我将修《花品》，以此花为第一”，以自己的耳目来判断，而不是以“他目则目，他耳则耳”——以他人的耳目来判断。桃花最普通，最广泛，也是最可贵的，却遭受诸多诟病，如同“氏族之斥素流，品秩之卑寒士”——寒士遭受高门大族的排斥。皮日休要自己“妍媸决于心，取舍断于志”，况且世间“岂于草木之品独然？信为国兮如此”。显然，皮日休写《桃花赋》是有感而发，所谓“非有所讽，辄抑而不发”，借桃花而寓其意，为布衣之士遭受氏族压抑而鸣不平。《皮子文薮序》说：“悯寒士道壅，作《桃花赋》。”正是说出了此赋的本旨。皮日休说自己受宋璟《梅花赋》的启发而作《桃花赋》，从创作思想上来讲，可能如此，但在赋的写法上，显然受舒元舆《牡丹赋》影响甚大。宋代诗论家陈郁《藏一话腴》说：“皮日休《桃花赋》，殆出于舒元舆《牡丹赋》。”甚是。只是《桃花赋》意旨显豁，倾向鲜明，而《牡丹赋》较为隐晦罢了。

女俑

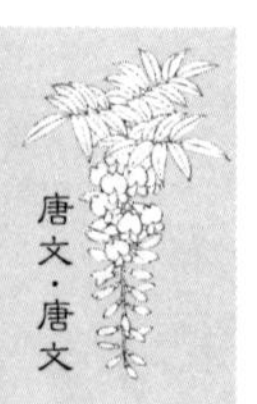

骈四骊六，锦心绣口

——令狐楚《请罢榷茶使奏》、李商隐《上河东公启》

令狐楚从河阳（今河南孟州）诏调入朝，行至阌乡（今河南灵宝）夜宿，不料晚间雷鸣电闪，大雨倾盆，击毁了马厩，压死了令狐楚的马。第二天，令狐楚另换马匹，匆匆忙忙赶到长安，拜擢宰相。当时，魏义通以检校常侍为镇守将军，照料马匹的裨将要回归本镇，惧怕魏义通怪罪没有照顾好令狐宰相的马匹，不敢回归，遂写了一个状子递交令狐楚，请其批复，方敢返回。令狐楚遂提笔批复，曰：“厩焚鲁国，先师惟恐伤人；屋倒阌乡，常侍岂宜问马？”切情合理，精辟简洁。《论语》记载，孔子上朝，马厩着火了，“子退朝，曰：伤人乎？不问马”，体现了重人轻物的仁者思想。此处，令狐楚援引孔子之典故，指出雷雨击毁马厩，乃天灾，不可避免。儒者仁德，岂能不顾事实而贱人贵物？与儒家先师孔子相较，岂能无愧于心乎？令狐楚非常简洁的文字，表达了丰富的思想、情义，而且对偶工整，声韵铿锵，极便记诵。

令狐楚人很聪明，不但文才卓著，而且行政能力很强。为兖州刺史时，兖州大旱，米价暴涨，许多米商乘机囤积居奇，哄抬米价。当官吏来报告时，令狐楚先问而今米价多少，兖州尚存储几仓米，每仓有多少石。一边问，一边用手指掐算，自言自语地说：“旧米价为多少，这些粮仓共有米多少，此次定价出卖多少米，如此则可以赈灾救济，度过难关了。”刺史署的侍者皆在偷偷地听着，很快，州郡要低价出粜米粮的消息传到了灾区。囤积居奇的商人和富户听到这个消息，立即

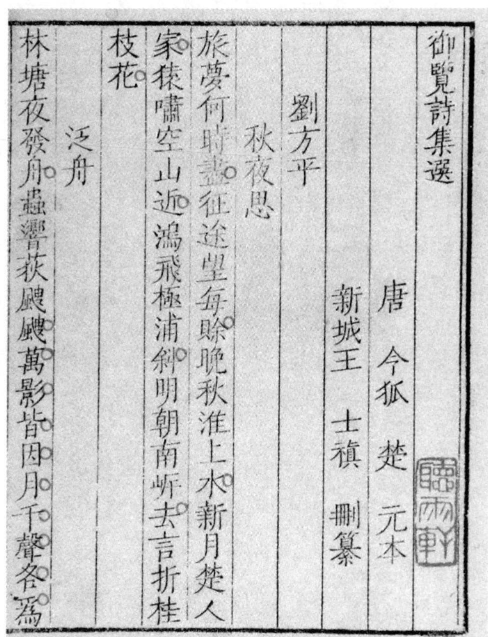
御覽詩集選
唐 令狐楚 元本
新城王 士禛 删纂
劉方平
秋夜思
旅夢何時盡征途望每賒晚秋淮上水新月楚人家猿嘯空山近鴻飛極浦斜明朝南岍去言折桂枝花
泛舟
林塘夜發舟蟲響荻颼颼萬影皆因月千聲各爲

令狐楚集

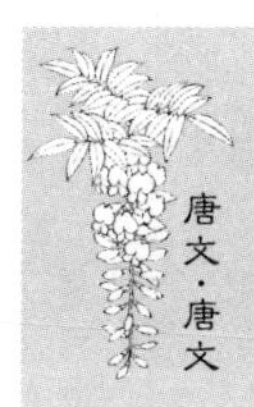

竞相出粜所囤积的米粮，灾区的米价很快平复到正常的价格。令狐楚用其智慧，悄无声息地打击了商人、富户的囤积居奇、哄抬粮价的行为，赈济灾民。

令狐楚擅长文章，号称一代文宗，尤善章表疏奏之文，每一篇成，海内传诵。《请罢榷茶使奏》，作于文宗大和九年（835 年）“甘露事变”之后，乃针对江淮数年水旱之后，朝廷竟然又要派人征收茶税，令狐楚上表反对。文章叙述事件，分析情况，讲明道理，层次井然，文辞谨严而富有文才。文章开篇则曰：“伏以江淮间数年以来，水旱疾疫，凋伤颇甚，愁叹未平。今夏及秋，稍较丰稔，方须惠恤，各使安存。”叙述江淮连年遭受水旱疾疫灾害，致使百姓凋丧严重，生活愁苦困顿。夏秋之际，稍有收成，正是需要朝廷体恤、惠养之时，使百姓能够恢复生产、生活。岂料在百姓伤痛未复之余，“昨者忽奏榷茶，实为蠹政”，理直气壮地指责“榷茶”为“蠹政”，而且明确指出乃宰相王涯之所为：

> 岂有令百姓移茶树就官场中栽植，摘茶叶于官场中造作，有同儿戏，不近人情。方在恩权，孰敢沮议？朝班相顾而失色，道路以目而吞声。

官场，这里指官家茶场。江淮经历数年水旱疾疫灾祸之后，宰相为表现其治理有方，令百姓将自家茶树移植到官场，将采摘的茶叶运送到官场中炒制，制造“形象工程”，以博得“能吏”的好名声，为自己积累政治资本。令狐楚批评说“有同儿戏，不近人情”，而王涯专权，无人敢议论，但朝廷官吏、四方百姓无人不惊骇。“今宗社降灵，奸凶尽戮，圣明垂祐，黎庶合安”，王涯虽死，但榷茶使之名号犹在，“俯仰若惊，夙宵知愧”，因此“伏乞特回圣听，下鉴愚诚，速委宰臣除此使额”，要求皇帝立即除去榷茶使之设置，以利安百姓。当然，榷茶使之设置，会给朝廷带来税收利益，而撤去榷茶使，则此税收就无着落了。事关税收利益，并不是说欲撤除即可撤除，因此令狐楚说：

> 缘军国之用或阙，山泽之利有遗，许臣条疏，续具闻奏。采造将及，妨废为虞……伏望圣慈，早赐处分，一依旧法，不用新条。唯纳榷之时，须节级加价，商人转卖，心较稍贵。即是钱出万国，利归有司，既无害茶商，又不扰茶户。上以彰陛下爱人之德，下以竭微臣忧国之心。远近传闻，必当感悦。

因榷茶有关税收，令狐楚遂说请允许其考虑从另外的途径解决，并专门上奏论列其事。很快就是采茶期了，要尽快撤除榷茶使。又从征收茶税，将会逐层加价，而商人运销买卖，则须考虑价格的贵贱。因而主张要有一个两全之策，既不减少国家税收，也不伤害商人和茶农的利益。事虽小，却是关系朝廷声誉。文章属于比较典型的章奏体，论事说理，指事造实，条理明析，明允笃诚，平和雅正，不假雕饰，而且相当通俗，出语自然，不拘骈散。

令狐楚临终有一篇《遗疏》，纳忠进谏，情义笃诚，质朴自然，明白如话：

> 臣永惟际会，受国深恩。以祖以父，皆蒙褒赠；有弟有子，并列班行。全腰领以从先人，委体魄而事先帝，此不自达，诚为甚愚。但以永去泉扃，长辞云陛，更陈尸谏，犹进瞽言。虽号叫而不能，岂诚明之敢忘？今陛下春秋鼎盛，寰海镜清，是修教化之初，当复理平之始。然自前年夏秋已来，贬谴者至多，诛戮者不少。伏望普加鸿造，稍霁皇威，殁者昭洗以云雷，存者沾濡以雨露。使五谷嘉熟，兆人安康。纳臣将尽之苦言，慰臣永蛰之幽魄。

令狐楚感念得机遇而受国恩，父祖子弟皆有褒赠，得以名列朝班，荣耀莫比。当此长别之际，上疏表而进谏，乃最后的机会了，不敢忘却忠贞，因而慷慨陈情。其次，则劝谏皇帝年富力强，正是进行教化、治理国家之好时机，遂提出贬谴、诛戮过多，要拨乱反正，如此才能使五谷丰登，百姓安康，国家太平。文章通俗，明白如话，条理清楚，措辞用语，颇为得体，史称“辞致曲尽，无所谬脱”。

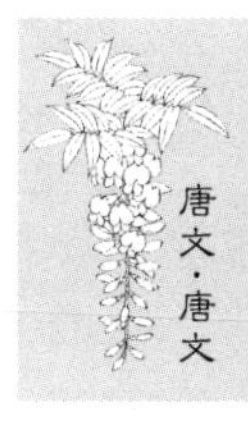

李商隐

令狐楚临终前，有一把宝剑，乃宪宗所赐，需要交回，因而命门人李商隐起草表奏。李商隐所拟，不称其意，令狐楚遂口授曰：“前件剑，武库神兵，先皇特赐，既不合将归泉下，又不宜留在人间。”甚是精当简要，众人皆叹服，遂传颂一时。

李商隐，字义山，号玉溪生，怀州河内（今河南沁阳）人。十六岁时，写作古文，为人所称赏。文宗大和年间，天平军节度使令狐楚欣赏李商隐之才，遂属为巡官，且使与其子令狐绹同学，亲自教授章奏之学。唐代朝廷的制诰诏书、章表疏奏等公文，皆用骈体，注意于对仗工整、声音谐和，令狐楚号称一时名家。因此，李商隐尽弃从前所学古文，而专心于章表疏奏的学习，得令狐楚之真传，遂成一代骈文名家。对于写作，李商隐有自己的见解，其《上崔华州书》曰：

> 愚生二十五年矣。五年读经书，七年弄笔砚。始闻长老言，学道必求古，为文必有师法。常悒悒不快。退自思曰：夫所谓道，岂古所谓周公孔子者独能耶？盖愚与周、孔俱身之耳。以是有行道不系今古，直挥笔为文，不能攘取经史，讳忌时世。百经万书，异品殊流，又岂能意分出其下哉？

李商隐认为"道"非周公、孔子所"独能"，因此，"行道不系今古"，为文不必专学哪家，"直挥笔为文"，抒写胸中之情志。李商隐由学古文而转向骈文，能够运用古文的章法结构来写骈文，构思精密，层次井然，且波澜起伏，改变了骈文的平直呆板；运用典故精切，婉约雅致，开创了骈文写作的新境界。

宣宗大中五年（851 年），李商隐在东蜀（今属四川）柳仲郢幕府，任节度书记检校工部郎中。此时，李商隐的妻子王氏已经去世，幕府中有一乐籍女子张懿仙，能歌善舞，善解人意，所以柳仲郢欲将张懿仙送与李商隐为妾，李商隐遂作有《上河东公启》。柳仲郢郡望为河东，故尊称河东公。启，开也，也就是陈述情意，有所开导。其基本特点在于陈述情意，言无不尽，流畅自然，温柔深切，以情动人。文章开篇曰："商隐启：两日前，于张评事处，伏睹手笔，兼评事传指意，于乐籍中赐一人以备纫补。"先陈述其事，遂后则叙述自身情状，委婉陈情：

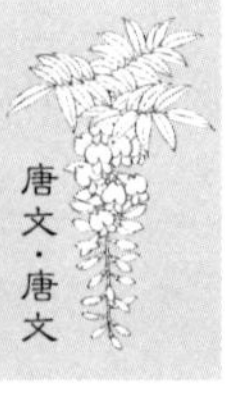

> 某悼伤以来，光阴未几。梧桐半死，才有述哀；灵光独存，且兼多病。眷言息胤，不暇提携。或小于叔夜之男，或幼于伯喈之女。检庾信荀娘之启，常有酸辛；咏陶潜通子之诗，每嗟漂泊。

李商隐述说自己妻亡子幼，漂泊四方的辛酸。悼伤，即悼亡，因潘岳妻子死后有《悼亡》诗，遂以悼亡代指妻丧。李商隐说妻子死后未久，自己如同半死的梧桐，哀痛在身，一身孑然独存，且又多病。灵光，用王褒《鲁灵光殿赋》之"自西京未央建章之殿，皆见隳坏，而灵光岿然独存”的典故。顾念儿女，无暇照料。儿女俱幼小，男孩不到八岁，女孩不到六岁。嵇康（叔夜）《与山巨源绝交书》说：“男年八岁，未及成人。”《蔡琰别传》：“琰字文姬，邕（蔡邕字伯喈）之女。少聪慧秀异，年六岁，邕鼓琴弦绝，琰曰：第二弦。邕故断一弦，琰曰：第四弦。”检读往日书信、诗歌，深感辛酸，感慨漂泊流离之悲。庾信儿子有“某息荀娘，昨蒙恩引”的书启，陶潜有《责子诗》“通子垂九龄，但觅梨与栗”，写对儿女的关心、喜爱。文章接着叙说自己胸怀久已淡薄，近来潜心佛理：

> 所赖因依德宇，驰骤府庭；方思效命旌旄，不敢载怀乡土。锦茵锡榻，石馆金台，入则陪奉光尘，出则揣摩铅钝。兼之早岁，志在玄门；及到此都，更敦夙契。自安衰薄，微得端倪。至于南国妖姬，丛台妙妓，虽有涉于篇什，实不接于风流。

李商隐说自己投身柳仲郢幕府，竭心尽力，不敢怀念家乡。加之早年有学佛之志向，到此地则拜高僧知玄为师，情义相投。至于自己诗歌虽有咏妓之作，但实际上并无风流艳事。因而，李商隐提出不能接受张懿仙为妾，理由有二：一是张氏乃最美的佳人，而且有她之欢好伴侣，无意于己；二是自己并无娶妻纳妾的想法，因而恳请柳仲郢收回成命。

文章叙事说理，周密详尽，而使事用典，精巧贴切，却无雕琢堆砌之痕迹，是一篇佳作。碑志文，李商隐亦用骈体，如《祭小侄女寄寄文》。此文作于会昌四年（844 年），李商隐三十二岁，尚无子息。小侄女寄寄从小寄养在外，四岁时才领回家中，不料几个月后竟然夭亡了，五年后，才将其坟墓迁回沁阳旧茔，李商隐写了这篇声情并茂的祭文。文章写寄寄之可爱及夭折之可伤：

> 尔生四岁，方复本族。既复数月，奄然归无。于鞠育而未深，结悲伤而何极。来也何故？去也何缘？念当稚戏之辰，孰测死生之位？

五年寄葬他乡，荒坟孤魂，无人怜惜，可堪伤悯：“白草三荄，荒途古陌。朝饥谁饱？夜渴谁怜？尔之栖栖，我有罪矣。”而寄寄夭亡之后，见到子侄辈们玩乐，更加感伤寄寄的孤苦了：“自尔没后，侄辈数人，竹马玉环，绣襜文褓，堂前阶下，日里风中，弄药争花，纷吾左右，独尔精诚，不知所之。”自己尚无子息，对寄寄更

是关切,“念往抚存,五情空热”。文章遂写迁徙寄寄于李氏旧茔,应该不再孤寂:

> 呜呼!荥水之上,坛山之侧,汝乃曾乃祖,松槚森行;伯姑仲姑,冢坟相接。汝来往于此,勿怖勿惊。华彩衣裳,甘香饮食,汝来受此,无少无多。汝伯祭汝,汝父哭汝,哀哀寄寄,汝知之耶?

游骑图

有关切,有安慰,更有生死相隔的无奈和伤痛。文章写对寄寄的怀想、关切、叮咛,就如寄寄活着一样,嘘寒问暖,情义殷殷,真挚淳朴。在写作上,不用典故,把叙事、描写、抒情紧密结合,形象生动,而抒情的气味甚浓,有着浓郁的苦色。

李商隐曾评及自己的骈文,说“樊南四六,锦心绣口”,即是指其骈文的结构精巧,思理通畅,条理明晰,而对偶工整,使事用典精切,语言婉约雅致。李商隐的骈文,能够上承六朝骈文,而对偶声律更为谐畅,开创了唐代骈文的新境界;下启两宋骈文,风骨峻拔,影响颇为深远。

文韬武略，气胜词雄

——杜牧《罪言》与《阿房宫赋》

杜牧

杜牧少有逸才，下笔成章，诗歌不胫而走，传诵一时，为世所重。弱冠考中进士，又考中吏部铨选。性疏野，放荡不羁，而不能自禁。牛僧孺出镇扬州，辟杜牧为节度掌书记。杜牧供职之外，惟以游玩宴乐为事。而扬州乃繁华都市，南北水陆交通要道，又为海外贸易的重要港口，四面八方，各色人等，会聚一地。每至傍晚，万家灯火，笙歌匝地，歌喉婉转，十里长街中，熙熙攘攘，珠翠填路，邈若仙境。杜牧常常出没其间，夜不归宿，且自喜不为人所知，遂沉酣如梦，过其风流生活，如是者数年。当杜牧将赴朝廷任职之时，牛僧孺劝谏杜牧，以为士之处世，应当有所节俭，不能随波逐流而沉溺于风流场中。杜牧颇不以为然，辩解说："我幸而常常自省，能够坚持操守，不至于让您忧虑了。"牛僧孺笑而不答，取出了个小匣子来，当着杜牧的面打开，皆是密报，凡数百条，皆是：某年某月某日，杜书记过访哪位歌妓，无恙。某夜，杜书记在某家宴饮等等。原来，牛僧孺是杜牧祖父杜佑的老部下，爱惜杜牧人才，担心杜牧出意外，遂令三位随从暗中跟随保护，每天向牛僧孺报告平安。杜牧对之大为惭愧，也很感激牛僧孺的关爱，因泣拜致谢。杜牧离开扬州时，遂作《遣怀》诗：

落魄江湖载酒行，楚腰纤细掌中轻。十年一觉扬州梦，赢得青楼薄倖名。

是其扬州浪漫生活的总结，也是忏悔词了。

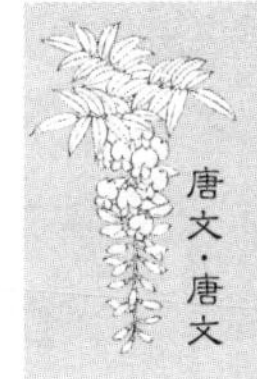

杜牧多于情，在江西沈传师幕府时，亦好游乐，多访佳丽。听说湖州（今浙江湖州）风物美好，且多美人，遂赴湖州游历。湖州刺史乃其好友，凡优姬倡女，力所能致者，悉为出之，可惜未能有其称意者。失望之余，偶遇一老妪携一十多岁的女子，杜牧熟视之，感叹说："此真国色也！"老妪以女子年幼，不同意杜牧带走，杜牧遂纳聘礼，便约定以十年为期，说自己十年后为湖州刺史，那时便迎娶；如若过了十年期限，女子可以自择人而嫁之。大中十三年，杜牧为湖州刺史，距当初见面的时间已是十四年了，杜牧即去寻访女子，已经嫁人三年了，而且生了三个孩子。杜牧很是感慨，因赋诗以自伤："自是寻春到已迟，不须惆怅怨芳时。狂风落尽深红色，绿叶成荫子满枝。"此诗别本作："自恨寻芳到已迟，往年曾见未开时。如今风摆花狼藉，绿叶成荫子满枝。"

杜牧有风流浪漫的一面，亦有经世济民，积极有为的一面。杜佑曾为宰相，撰有《通典》一书，是中唐时期名望颇高的政治家、学者。针对藩镇割据，四垒多警的现实，杜牧曾研究兵书，注解《孙子兵法》，以期能够有所作为而挽救危亡。杜牧《注孙子序》说：

> 某幼读《礼》，至于四郊多垒，卿大夫辱也，谓其书真不虚说。年十六时，见盗起圜二三千里，系戮将相，族诛刺史及其官属，尸塞城郭，山东崩坏，殷殷焉声震朝廷。当其时，使将兵行诛者，则必壮健善击刺者，卿大夫行列进退，一如常时，笑歌嬉游，辄不为辱。非当辱不辱，以为山东乱事，非我辈所宜当知。某自此谓幼所读《礼》，真妄人之言，不足取信，不足为教。及年二十，始读《尚书》《毛诗》《左传》《国语》十三代史书，见其树立其国，灭亡其国，未始不由兵也。主兵者圣贤材能多闻博识之士，则必树立其国也；壮健击刺不学之徒，则必败亡其国也。然后信知为国家者，兵最为大，非贤卿大夫，不可堪任其事。苟有败灭，真卿大夫之辱，信不虚也。

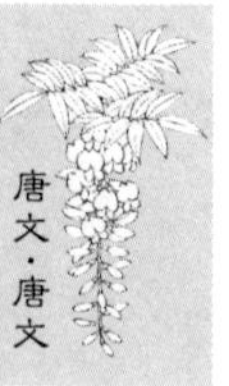

杜牧目睹艰难的现实，而想学兵法经世济民，挽救危亡。此段文字，叙述简洁，明白如话，对现实的描摹分析，对前后读书经历的叙述进行比较，皆能切中肯綮。因而，杜牧针对朝廷政策的失误，作《罪言》。杜牧说："国家大事，牧不当言，言之有罪，故作《罪言》。"开宗明义，说明所论之事，乃国家大事。文章说"生民常病兵，兵祖于山东，允于天下，不得山东，兵不得死"，即谓百姓不满于战争，而战争是由山东引起的，而达于天下，山东不平，则战争不罢。杜牧所指山东，当系太行山以东，即河北藩镇。杜牧此文所论，在于批评朝廷对河北藩镇政策之失误。文章遂论析山东地理形势、历史上的政治军事之发展演变，以及自安史之乱以来的事实，感慨“何其艰哉”，从而提出“上策莫如自治”“中策莫如取魏”“最下策为浪战”之三策，并逐条论析，总体上形成三策之对比，形势自明，结论自知。文章论析明当，用语简洁，如论“上策”，曰：

> 今日天子圣明，超出古昔，志于平理。若欲悉使生人无事，其要在于去兵。不得山东，兵不可去。是兵杀人无有已也。今者上策莫如自治。何者？当贞元时，山东有燕、赵、魏叛，河南有齐、蔡叛，梁、徐、陈、汝、白马津、盟津、襄、邓、安、黄、寿春皆戍厚兵。凡此十余所，才足自护治，所资不辍一人以他使，遂使我力解势弛，熟视不轨者，无可奈何。阶此蜀亦叛，吴亦叛，其它未叛者皆迎时上下，不可保信。自元和初至今，一十九年间，得蜀得吴，得蔡得齐，凡收郡县二百余城，所未能得，唯山东百城耳。土地人户，财物甲兵，校之往年，岂不绰绰乎？亦足自以为治也。法令制度，品式条章，果自治乎？贤才奸恶，搜选置舍，果自治乎？障戍镇守，干戈车马，果自治乎？井闾阡陌，仓廪财赋，能自治乎？如不果自治，是助虏为寇。环土三千里，植根七十年，复有天下，阴为之助，则安可以取，故曰上策莫如自治。

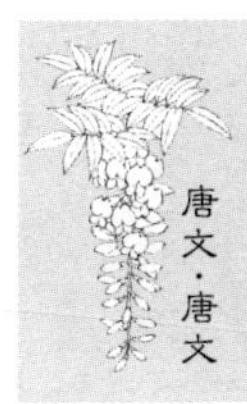

自贞元以来，山东、河南藩镇反叛，而汴梁、徐州、陈州、汝州、白马津、盟津等十余地皆驻守重兵，无力平叛，只能自守，致使朝廷面对叛军而无可奈何。自元和以来，十九年之间，收复不臣藩镇，惟有山东未服，但朝廷却不能平叛，因而杜牧提出“亦足自以为治也”——指出朝廷应当加强国家的治理（自治），并且指出应该从法令制度、选贤任能、军队建设、仓廪财赋等方面，进行积极的建设，以求“自治”，还进一步指出“如不果自治，是助虏为寇”。文章从另一角度指出，山东藩镇土地广阔，反叛已七十年之久，且有其他藩镇暗中助逆，因而攻取之，则不可能，只有“自治”为上策。文章论析的条理性很强，思理周密，从多个层面论理，颇得论事析理的要义，语言简洁，笔力峭健有力，气势雄浑，颇有纵横驰骋之气概。杜牧的这等议论，有自己的见解，欧阳修撰《新唐书·藩镇传》之序言，就吸取了杜牧此文的观点，以为纲要。

杜牧的序记文,亦有特色。如《李贺集序》,颇富文采。给天才诗人李贺集作序,颇难措辞立意。文章以叙述的方式,讲述给李贺集作序的经过。“大和五年十月中,半夜时,舍外有疾呼传缄书者。某曰:‘必有异,亟取火来!’”半夜传呼,急如星火,竟然是集贤学士沈子明请杜牧为李贺集作序的信,可见朋友对李贺的关切、对李贺集的重视,并以引用沈子明书信的方式,评价李贺:

> 吾亡友李贺,元和中义爱甚厚,日夕相与起居饮食。贺且死,尝授我平生所著诗歌,杂为四编,凡千首。数年来,东西南北,良为已失去。今夕醉解,不复得寐,即阅理箧帙,忽得贺诗前所授我者。思理往事,凡与贺话言嬉游,一处所,一物候,一日夕,一觞一饭,显显焉无有忘弃者,不觉出涕。贺复无家产子弟得以给养恤问,常恨想其人,咏其言止矣。子厚于我,与我为贺集序,尽道其所来由,亦少解我意。

沈子明对李贺评价很高,且叙及二人友谊,真挚淳朴。杜牧认为,李贺才能卓著,因而谢绝为李贺集作序。而且数日之后,再次辞谢作序,所谓“极道所不敢叙贺”,而沈子明坚决不允,遂“勉为贺序,然其甚惭”。两次推谢,跌宕起伏中,概括地写出了世人及杜牧自己对李贺的高度评价。文章紧接着遂序写李贺集,“皇诸孙贺,字长吉,元和中韩吏部亦颇道其歌诗”,以当时文坛泰斗韩愈的称赏,标示李贺诗歌艺术成就之高,遂连用九项比拟、九个排句,对李贺诗歌的内容、情调、品格、形象、意境、手法等等,进行全面而生动的渲染和评价:

> 云烟绵联,不足为其态也;水之迢迢,不足为其清也;春之盎盎,不足为其和也;秋之明洁,不足为其格也;风樯阵马,不足为其勇也;瓦棺篆鼎,不足为其古也;时花美女,不足为其色也;荒国陊殿,梗莽丘垄,不足为其恨怨悲愁也;鲸呿鳌掷,牛鬼蛇神,不足为其虚荒诞幻也。

用近似于李贺的辞彩风格,渲染李贺诗歌的内容、艺术,痛快淋漓,曲尽其妙。而且,文章认为,李贺诗歌,“盖《骚》之苗裔,理虽不及,辞或过之”,与屈原相比较,准确地指出了李贺诗歌浪漫神奇的艺术成就,突现其诗歌史上的意义,并且说:

《骚》有感怨刺怼，言及君臣理乱，时有以激发人意；乃贺所为，得无有是？贺能探寻前事，所以深叹恨今古未尝经道者，如《金铜仙人辞汉歌》、《补梁庚肩吾宫体谣》，求取情状，离绝远去笔墨畦径间，亦殊不能知之。

神奇浪漫外衣之下，乃李贺诗歌的感激怨怼之情、君臣理乱之道，感动激发人意，而且特别指出李贺诗歌的"今古未尝经道"的独异性，超越笔墨之外。文章以"贺生二十七年死矣，世皆曰：使贺且未死，少加以理，奴仆命《骚》可也"，抒发了强烈的惋惜、爱慕之意，亦客观地指出了李贺诗歌之不足。此文对于李贺诗歌的评价客观恰切，也是一篇情文并茂的佳作。李商隐《李贺小传》说："京兆杜牧为《李长吉集序》，状长吉之奇甚尽，世传之。"

杜牧另有一篇名作《阿房宫赋》。杜牧《上知己文章启》说："宝历大起宫室，广声色，故作《阿房宫赋》。"敬宗李湛少年即位，好游猎，贪声色，大兴土木，修建宫殿，有感于此，杜牧遂作此赋以讽刺。秦灭六国，历经艰难，成功巨大，却二世而败亡，土崩瓦解，给后人留下了永久的论题。自汉初开始，秦之过失就成为一个重要的历史议题。秦之灭亡，与修建宫殿，大兴土木，凋敝民力有着密切的关系，杜牧以此为题材，纵论天下兴亡之理，揭示统治者如暴取民财，贪图享乐，不爱惜民力，则失去民心，必然导致败亡。文章开篇则曰："六王毕，四海一。蜀山兀，阿房出。"以简截有力的三字句，叙写秦灭六国，一统天下，倾竭民力而修建阿房宫。文章紧接着描摹阿房宫的壮丽：

覆压三百余里，隔离天日。骊山北构而西折，直走咸阳。二川溶溶，流入宫墙。五步一楼，十步一阁；廊腰缦回，檐牙高啄；各抱地势，钩心斗角。盘盘焉，囷囷焉。蜂房水涡，矗不知其几千万落。长桥卧波，未云何龙？复道行空，不霁何虹？高低冥迷，不知西东。歌台暖响，春光融融；舞殿冷袖，风雨凄凄。一日之内，一宫之间，而气候不齐。

阿房宫雄伟壮丽，豪奢神奇，"长桥卧波，未云何龙？复道行空，不霁何虹？"用两个疑问句来表现惊异和神奇，很是贴切传神。文章遂写阿房宫中，秦所搜刮美人、宝物之多：

妃嫔媵嫱，王子皇孙，辞楼下殿，辇来于秦。朝歌夜弦，为秦宫人。明星荧荧，开妆镜也；绿云扰扰，梳晓鬟也；渭流涨腻，弃脂水也；烟斜雾横，焚椒兰也；雷霆乍惊，宫车过也；辘辘远听，杳不知其所之也。一肌一容，尽态极妍；缦立远视，而望幸焉；有不见者，三十六年。燕赵之收藏，韩魏之经营，齐楚之精英，几世几年，摽掠其人，倚叠如山；一旦不能有，输来其间；鼎铛玉石，金块珠砾，弃掷逦迤，秦人视之，亦不甚惜。

秦之穷奢极欲，无有尽时。文章则以感叹的形式，夹叙夹议地将秦廷之华靡与百姓之苦难联结起来，形成尖锐的对立："嗟乎！一人之心，千万人之心也。秦爱纷奢，人亦念其家；奈何取之尽锱铢，用之如泥沙！"并且极力铺排秦之豪奢侈靡，斥责其不爱惜民力，"使天下之人，不敢言而敢怒。独夫之心，日益骄固"，遂以"戍卒叫，函谷举。楚人一炬，可怜焦土"作结，危言讽刺，极其简截有力，将秦灭亡之土崩瓦解、不可阻挡之势，描摹得极自然，极形象。文章最后，则纯用议论，总结兴亡之理：

嗟乎！灭六国者六国也，非秦也；族秦者秦也，非天下也。使六国各爱其人，则足以拒秦；使秦复爱六国之人，则递三世，可至万世而为君，谁得而族灭也？秦人不暇自哀，而后人哀之；后人哀之而不鉴之，亦使后人而复哀后人也。

阿房宫

六国之灭亡，乃咎由自取；秦之灭亡，亦乃咎由自取。后世人君，不爱其百姓，不惜民力，其灭亡实乃必然，实亦咎由自取！历史的鉴戒，是应该吸取其教训，且运用于实际政治之中，而非口头上的说说而已的“借鉴”了。此赋在写法上及立意上，虽效法杨敬之《华山赋》，但富美远过之。文章想象丰富，夸张铺排，气势恢弘，极富感染力，而构思精巧，组织严密，条理清晰，且波澜起伏，引人入胜。杜牧特别注意于此文的声律和谐铿锵，精炼生动，富有美感。

杜牧深于情，李商隐说“刻意伤春复伤别，人间唯有杜司勋”。深于情，对人生、对现实，甚至于对历史，杜牧皆能有一种深切的了解和同情，因而他的文章，无论是记叙，议论，皆能深入剖辩，切中肯綮，且情感真挚淳厚，气胜词雄，将其文韬武略表现出来，颇具艺术感染力。

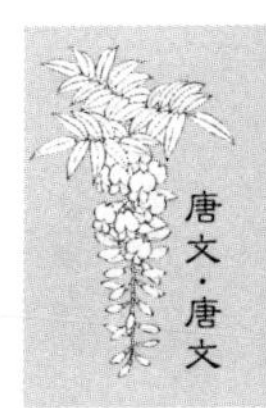